告別莫札特
中山七里

Contents

I *non tanto ad lib* 009
～不太自由地～
ノンタント アドリブ

II *ancora amarevole* 075
～更加痛苦地～
アンコーラ アマレーヴォレ

III *molto dolente* 141
～極盡沉鬱地～
モルト ドレンテ

IV *drammatico agitato* 215
～戲劇性的激動～
ドラマティコ アジタート

V *quieto coda* 269
～寂靜的結束～
クイエート コーダ

～尾聲～ 321
エピローグ

おわかれは
モーツァルト

中山七里

I

non tanto ad lib

～不太自由地～

ノンタント アドリブ

1

即使身在完全隔音、溫濕度維持一定的練習室，也能從皮膚感受到的輕盈空氣，得知現在是早晨。

除了自己沉靜的心跳聲及赤腳踩過地板的聲音外，沒有任何聲響。

鋼琴總是鎮坐在固定的位置，因此不必摸索也能找到。

在高度固定的椅子坐下來，雙手水平伸出，手指便自然地觸碰到鍵盤。

榊場隆平輕輕吁了一口氣，指頭輕快地跳動起來。

莫札特A大調第11號鋼琴奏鳴曲，K. 331，第三樂章 Rondo Alla turca，副標題「土耳其進行曲」。這應該是莫札特最知名鋼琴曲之一。

靜謐地彈奏一開始的主題。正如同指示 Alla turca（土耳其風格），第一主題的旋律充滿了異國情調。隆平從開頭的A小調轉調為A大調，左手的伴奏加上分解和弦的倚音。盡可能短促地彈奏這倚音，便能夠更進一步增強土耳其軍樂風的色彩。

據傳這首奏鳴曲是在一七八三年完成的。從攻打維也納的鄂圖曼土耳其大軍攻破奧地利的一六八三年算起，恰好正值第一百年，等於是莫札特搭上了戰勝百年紀念的土耳其風潮。

戰亂當時，鄂圖曼帝國軍帶來了演奏傳統鄂圖曼軍樂 Mehter 的軍樂隊 Mehternane，他們演奏的音樂對西歐人造成了重大影響。貝多芬和莫札特這些作曲家也不例外。以特色十足的民族樂器演奏出來的節奏活力洋溢，放在現代一樣引人入勝。

在A小調與A大調間反覆轉調，上一刻還半睡半醒的腦袋、指頭和耳朵一下子清醒了。隆平切身體認到自己的生理與音樂融為一體。精神與肉體狀態完美時的演奏，情緒和曲調完全同步。會陷入一種自己融入樂曲創造出來的世界般的感覺。但若是身體不適、心情鬱悶，便會立刻遭到世界的拒絕。手指空虛地敲打著琴鍵，感覺作曲者正轉身背對著自己。

反覆的轉調中，突然出現了渾雄的第二主題。右手的八度與左手的伴奏營造出軍隊的行進。

啊，真舒爽！

第二主題，以豐沛的音量全力敲鍵後迅速放開指頭，是隆平偏好的彈法。老師指導原本這地方應該用更從容一些的速度彈奏，但迅速離指的彈法富有莫札特鋼琴曲的味道，而且這就像是早晨的醒腦儀式，依自己的喜好彈奏也無所謂。

隆平並未實際看過軍隊行進，但彈奏著進行曲，那幅景象便在腦海中油然而生。要讓士兵們的動作變得勇壯或軟弱，全在自己彈指之間。

左手即將來到難關。第二十四小節到第三十一小節有裝飾音，且多達三音，因此要與右手配合，相當困難。尤其第二十七小節是連續裝飾音，必須掌控好每一個音，不能讓它們滑脫。裝飾音的彈奏方式也很重要，不是每個音單獨彈出，而是一、二、三指同時伸出，手腕朝三個方向延伸出去，如此便能彈奏出三個音層疊現身的裝飾音。

隆平聽說過，〈土耳其進行曲〉是寫給鋼琴初學者的曲子，但他對這個說法抱持疑問。樂曲本身的結構確實很單純，實際也上經常在低年齡層的發表會上被演奏。因為只要像孩童般天真無邪地彈奏，再也沒有比莫札特的鋼琴曲彈起來更歡快的曲子了。

然而一旦試著把莫札特的詮釋加入演奏，這首曲子頓時就變得困難重重。因為曲子簡單，演奏者的巧拙無所遁形。實際上即使是職業鋼琴家，也有不少人對於在演奏會上彈奏莫札特感到遲疑。

指揮家安德烈．普列文曾經如此評點莫札特的鋼琴曲：

『不管是指揮還是彈奏，莫札特對演奏家而言都是非常棘手的作曲家。莫札特的樂譜確實簡潔，音符也不多，但每一個音都蘊含著豐富的意義。因此技巧上或許簡單，但光是一個樂句，就可能有上百種詮釋，所以才棘手。』

『若是詢問全世界的指揮家，他們應該會說，莫札特的曲子是最困難的。』

但隆平認為正因為難，彈起來才有趣。

鋼琴曲進入第二個難關，第八十八小節到第九十五小節。右手從八分音節分解為十六分音符彈跳，如怒濤般奔馳而過。左手繼續彈奏裝飾音，音符動輒要跳出鍵盤。但徹底駕馭這十六分音符，完全就是快感。馬不停蹄的運指與大腦直接連結，甚至陷入腦內嗎啡分泌的錯覺。這種時候，隆平一邊演奏，總是惋惜著曲子即將結束。普列文剛才的話還有下文：

『但應該也有許多人會說，莫札特是他們最喜愛的作曲家。』

從加速的第一主題轉調至第二主題，終於要進入結尾了。

指觸極盡溫柔，卻又威風凜凜。演奏土耳其風插句的部分，右手的八度微妙地逐漸移位。伴奏漸次轉為華麗盛大，朝向頂點疾馳而去。

熱情驅動手指。

恍惚與鋼琴同調。

很快地，最後一擊綻放出來的琴音在半空中分散消融。

隆平吐出憋在胸口的呼吸。雖是只有短短三分多鐘的演奏，額頭卻微微汗濕。愉悅的疲勞感彷彿鬆弛了全身的肌肉。

忽地，他感覺有人。他似乎過度沉迷於演奏，沒發現途中有人進入房間。

「一大早就狀況絕佳呢。」

母親由布花輕輕把手搭在隆平背上。即使是母親，也不會直接觸摸鋼琴家的手，這是默契。

「練習得怎麼樣了？」

「大概才五成吧。」

隆平不是謙虛，而是真心這麼想。雖然是用來醒腦的演奏，但有些地方手指差點滑掉。這是正式演奏時絕對不能容忍的運指。

「媽媽聽起來倒是很完美。」

由布花的評價一定摻雜了極多身為母親的偏袒。從隆平第一次把手放上鍵盤的那一天，由布花就一直守望著他，不可能聽不出他的演奏表現水準。但他不願意只憑聲調就斷定母親的感受。這種時候，他真想親眼仔細地端詳母親的表情。

榊場隆平是全盲人士。

隆平從香氣聞出早餐是平時星期一的菜色。灑一次鹽巴的培根蛋、茄汁洋蔥豬肉、涼拌秋葵和苦瓜，配上柳橙汁。盤子及叉子也都依時鐘盤面方向固定位置，即使看不見，也不會不知道在哪裡。不過即使換了位置，只要把鼻子湊上去，就能聞出菜色種類。

「我開動了。」

隆平伸手拿起叉子。由布花每天都會設計不同的菜單。鋼琴家需要等同或超越音樂感性的體力。一場演奏會必須連續彈奏超過兩小時，甚至將近三小時。若是遇上巡迴演奏會，更是必須連日長時間彈琴。如此一來，健康管理和增強體力當然就成了重要的課題。

隆平以鋼琴家身分嶄露頭角的時候，由布花考取了營養師證照，目的也是為了從飲食方面支持兒子的健康。此後，不管是在家，或是遠征地方演奏時，隆平吃進口中的東西，都是由布花親手烹製，或經過她同意的內容。雖然也覺得母親有些保護過度了，但因為由布花非常起勁，所以隆平也放任她去。

「隆平，你本來體力就不算好，所以巡迴演奏會開始前，得鍛鍊出能跑完全馬的體力才行。」

「那樣就不是鋼琴演奏會，變成參加帕運了啦。」

就算是健全者說了會招來抨擊的玩笑話，若是出自隆平口中，就能被容許。

說起來，日本社會把這類黑色幽默全部打為禁忌，一直讓隆平覺得不太對。二〇一〇年，隆平參加了蕭邦鋼琴大賽，有機會和世界各國的鋼琴家和音樂界人士聊天，當時聽到的一切都充滿了刺激，但最讓他感動的，還是對於身心障礙的觀點。

『榊場隆平雙眼失明，但既然他擁有 Absolute pitch（絕對音感），這樣的特質應該也不算什麼缺陷。』

聽到當地報紙《憲報》上刊登的評論時，隆平感到新鮮的驚奇。一直以來，他雙眼失明這件事都被當成缺陷，然而在蕭邦大賽中，卻只被視為單純的「特質」。實際上，除了隆平以外，也有一些盲眼的鋼琴家。這個機會讓他瞭解到，他不必對視力障礙感到慚愧。

在蕭邦鋼琴大賽得獎後，日本社會換了一副面孔，歡迎回國的隆平。媒體過去只針對他是盲眼鋼琴家這稀罕的一面做出報導，現在卻態度翻轉，將他視為奇蹟獲獎的日本鋼琴家，讚譽有加。

蕭邦鋼琴大賽帶給了隆平人生的轉機，對此他只有感謝。但隆平認為，除了名聲之外，他還得到了其他寶貴的事物。來自世界各國個性獨具的參賽者，每一位都值得尊敬。他們即使個性有些難搞，也沒有任何一個人會調侃別人的身體缺陷。隆平覺得他們就像在異國邂逅的真正的知交。

結識那個人，更是莫大的收穫。

隆平在異國被捲入某起事件，那個人挺身庇護隆平，為他洗刷了警方的疑心。據說蕭邦鋼琴大賽以後，他便在歐美各地巡演，不曉得現在正在哪裡彈琴。

總之，由於蕭邦鋼琴大賽的成績，隆平回國後搖身一變，被捧為灰姑娘男孩。也因此在國內掀起了一陣旋風，演奏會的邀約不必說，甚至還接到大量的作曲委託。

相較於歐美，日本對古典音樂的需求和市場都不大。其中能夠舉辦全國巡迴演奏會的鋼琴家更是鳳毛麟角，因此感覺古典音樂界的話題更加集中在隆平個人的動向。不過這是訂閱多本音樂雜誌的由布花的感受，隆平只是單純地感到忙碌而已。

用過早餐，隆平正準備繼續練琴時，有訪客上門了。

「嗨，隆平，不好意思一大早就來吵你。」

TOM山崎還是老樣子，口氣輕浮地向他攀談。即使沒聽到TOM的聲音，他一上門，濃烈的古龍水氣味就會竄進鼻腔，馬上就知道是他來了。

「演奏會的行程有變更，臨時得來跟令堂討論一下。」

「我在電話裡大概聽說了，已經要規劃追加公演了？」由布花說。

「嗯，東京和名古屋，還有大阪共三場。一開始的門票，開放訂購三十分鐘就被搶購一空，主辦單位一定要我們想辦法。由布花女士，能不能設法安排？」

「與其問我，應該問本人的意願吧。隆平，你覺得呢？」

就算看不到表情，也從兩人的語氣聽得出他們很期待自己的回答。

ＴＯＭ的本名叫湯瑪斯山崎，過去是一位知名的錄音室音樂家，在十年前轉職成為所屬經紀公司的經紀人。隆平開始嶄露頭角的時候，由布花和該事務所簽約，ＴＯＭ毛遂自薦負責照顧隆平。

第一次見面時，ＴＯＭ一看到隆平，立刻滔滔不絕地說了起來：

『錄音室樂手啊，在樂團不管負責什麼樣的樂器，不少人起步都是鋼琴。小時候學才藝也多半都是學鋼琴。所以我非常清楚你是數十年一遇的鋼琴天才。我從來沒看過有人能做出那樣的鋼琴演奏。』

『不好意思，隆平你是天生就看不見對吧？鍵琴的位置可以靠不斷地練習來熟悉，可是樂譜要怎麼讀？哦，嗯，我當然知道有點字樂譜這東西，不過雙手擺在鍵盤上，要怎麼摸點字？我一直好奇得不得了。』

隆平也是從由布花那裡聽說，才知道有點字樂譜這種東西。一八三四年，小提琴演奏家路易．勃萊爾完成了點字音符表記系統，日本則是在一八九三年由佐藤國藏第一次點譯過來。目前橫濱國立大學的計畫團隊得到點譯義工團體等協助，開發出樂譜自動點譯系統（BrailleMUSE），使其變得更為普及。隆平聽說著作權法規定，著作的點譯能夠不經著作權人的同意自由進行，而且點字樂譜的資料庫也能不經著作權人同意自行建構，所以才會迅速普及開來的樣子。

之所以不是斷定句，是因為隆平自身完全沒有使用過點字樂譜。聽到這件事，TOM似乎驚訝極了。

『咦？你彈琴都不用樂譜嗎？怎麼可能？怎麼辦到的？太神了吧？』

由布花說明隆平彈琴的方法，TOM發出怪叫：

『太厲害了，太厲害了！別說數十年一遇了，根本是百年一遇的天才啊！』

TOM要求握手。隆平心想既然同樣是演奏家，TOM應該明白鋼琴家的手有多珍貴，因此怯怯地伸出手去。

雖然說話輕浮，但TOM的手就像嬰兒一樣柔軟，握手的動作謹慎到連隆平都覺得心急。光是這樣，隆平便答應讓TOM擔任經紀人了。

「……我都可以。」

隆平從回想回到現實，遲疑了一下才回覆。從兩人身上，他只感覺得到期待的氛圍，要辜負他們的期待，需要莫大的覺悟。與其付出莫大的覺悟，造成精神上的疲憊，舞台表演帶來的肉體疲倦更要輕鬆多了。

「這樣啊，謝謝。那我立刻跟主辦單位回覆。」

隆平從空氣感受到ＴＯＭ和由布花欣喜的樣子。最近似乎很流行「讀空氣」的說法，隆平私心自賣自誇，論到讀空氣或氛圍，自己已臻登峰造極之境了。

絕對音感也是如此，他認為自己雖然缺少視覺，但其他感官特別優秀。不管是味覺還是嗅覺，別人都說他比常人更為敏銳，他還能靠指頭辨識出鍵盤的材質。濕度和溫度不用說，他也能從皮膚的感覺推估出演奏會會場的大小。因為看不見，生活上有諸多不便，但只要感謝還有其他感官能彌補這些不便，便也沒那麼難受了。

「行程會變得相當辛苦，不過加油吧！現在引領著國內古典音樂界的人，毫無疑問就是隆平你。不過我一直塞工作給你，你會不會覺得很煩？」

「沒這回事。」

「要靠古典音樂賺錢，靠的也是人氣，紅的時候不盡量多賺點，才華就等於虛擲了。

我在這個業界待久了，看過太多明明有才華，卻錯過大紅的時機，從此沒沒無聞的人了。」

TOM的聲音帶著感傷，更增添了可信度。即使有些言過其實，但這番話聽起來很真誠。

「出名是有賞味期限的。就算是打入蕭邦鋼琴大賽決賽的人，五年後又會有新的決賽入圍者出現。為了讓你的人氣就此鞏固下來，而不只是一時的熱潮，你應該要盡量曝光。不光是演奏會，還有雜誌、電視、網路，要在各種媒體推銷你這個人和你的名字。要盡量推、狂推到底。或許別人會覺得曝光過度，但曝光嫌多才是剛剛好。」

由布花沒有特別出聲，但感覺得出她似乎同意。回想起來，以前經紀活動都是由布花一手包辦。隆平的父親早逝，此後由布花一個女人家不光是食衣住行，從請鋼琴教師到籌措經費等等，都打點得無微不至。但自從請到TOM擔任經紀人以後，感覺由布花對TOM寄予全面的信任。TOM隸屬於大型經紀公司，而且對音樂界知之甚詳，極富熱情，或許是這些地方讓由布花感到欣賞。總之，母親與經紀人的關係就像度蜜月，不是件壞事，對隆平沒有任何影響。

「我們經紀公司底下也有偶像、搖滾歌手和重金屬樂團，但不管是哪個類別，CD

的銷售量都連年下滑。因為串流媒體大幅增加，音樂付費收聽也在成長，但那些和音樂CD的單價相差太多，實在稱不上救世主。而且更艱難的是，相較於其他音樂種類，古典音樂的新樂迷成長停滯。在美國，甚至有些CD店沒有古典音樂區，日本也是，一星期只賣個一千張，就能登上ORICON排行榜前十名，所以狀況是半斤八兩。」

TOM說明的口吻平淡，但確實是在為現狀憂心忡忡。

「因為是這種狀況，古典樂界的音樂家也不能好整以暇。受到矚目的時候就應該盡量曝光，卯足全力開演奏會。現在這時期的付出，會決定五年十年後的地位。」

TOM的語氣極為迫切，讓人覺得必須聽從才行。如果說激勵藝人是經紀人的工作，那麼TOM毫無疑問是個能幹的經紀人。

「如果體力或精神支撐不住、受不了了，要盡早跟我說。不過你應該也明白，現在是生死關頭。」

隆平覺得TOM這樣說很狡猾。聽到這種話，就算在巡迴演奏會途中筋疲力盡，也沒辦法開口叫苦了。

「我都可以。」隆平只能勉強給出一樣的答案。

「ＯＫ、ＯＫ。那，由布花女士，會場的周邊商品，ＣＤ和ＤＶＤ是一定要的，其他我們也考慮推出限定商品。我們做了一些樣品，請妳看看。」

傳來從皮包取出東西的聲音，接著是由布花興奮的叫聲：

「哇！這什麼？好可愛！」

「不光是別針，還有壓克力鑰匙圈和圖案Ｔ恤喔。」

「哇、哇、哇！全都好可愛！」

由布花歡欣的反應，讓隆平不安起來：

「媽，到底是怎樣的東西？」

「你的Ｑ版人像做成別針和鑰匙圈喔！你摸摸看。」

放在掌心上的似乎是圓形別針。用手指撫摸表面，可以從印刷的凹凸感覺到圖案。上面似乎是浮雕的Ｑ版隆平的臉。他覺得圖案確實很可愛。

隆平沒有看過自己的臉，只有一次請人製作雕像，以觸感確認凹凸和五官而已。老實說，他不知道什麼樣的臉算是美，什麼樣的臉又算是醜。他無法比較對照許多張臉，而且因為看不到外表，對他人的臉也沒有興趣。雖然能判別左右是否對稱，但不明白美醜的基準。

但他能夠瞬時判別出滋味和氣味的好壞，以及觸感舒不舒服。最為敏銳的還是聽覺。人聲、其他的聲音，只要聽過一次就不會忘記。即使多人同時說話，他也能逐一聽辨。唯獨對於聲音，隆平有一個絕對的價值基準。人的嗓音有美醜，聲音有人格。

「真不曉得怎麼會有人要買我的周邊商品。」

先不論是否有樂迷喜歡隆平的長相，但自己的臉大大地印刷在商品上，老實說他覺得很羞恥。

「不想買，就要讓他們想買。在南極賣冰，這才叫做生意。」

TOM自信滿滿地說。

「挑起客人購買欲望的就是珍稀感。這時你的特質就是矚目焦點了。對你雖然不好意思，但『盲眼鋼琴師』這個稱號，光是字面就吸引力十足。實際上這次的巡演備受業界矚目。雖說有打入蕭邦鋼琴大賽決賽的實績，但二十四歲的鋼琴家能招攬到多少聽眾、獲得多少營收？重點在於對古典音樂演奏會態度消極的主辦單位能不能因為這場巡演而刷新認知。」

聽到這話，由布花忍不住插口：

「但是拿身體缺陷當做噱頭，我覺得有點難以贊同。」

「不是缺陷，請把它當成特質。至少隆平是這麼看待的。身體缺陷這東西，換個角度去看，也可以是正面的，而且有愈多人來聆聽隆平的演奏，就會有愈多人把它視為一種正面的特質。提升隆平的知名度，也有助於減少偏見。即使一開始是出於好奇而買票的聽眾，只要親眼看到隆平的演奏，就能認識到看不見這件事對音樂家的音樂性完全不構成阻礙。然後他們會變成隆平的粉絲，掏錢給我們。」

由布花似乎認同了，沒有反駁。

但隆平本人卻感到質疑。

身體缺陷只是一種特質，也能成為正面要素。像隆平這樣的演奏家持續曝光，有助於消弭對身障者的偏見。這些話都很有道理，也很積極。

可是這種話從身心健全的ＴＯＭ口中說出來，總覺得十分表面，完全無法打入心坎。

2

ＴＯＭ離開後，隆平再次關在練習室裡。巡迴演奏會就在下星期了，現在是必須廢寢忘食地專注練習的時期。

上午十點，潮田陽彥過來了。

「我來看你練習得如何了。」

「還只有五成左右。」

「你的五成和我的五成不一樣。」

潮田以不容辯駁的口吻說。

「二十三號的第一樂章就好，彈來我聽聽。」

在別人耳中聽來，潮田的口氣相當蠻橫，但隆平反而覺得很舒服。因為潮田完全不管隆平看不見，以對一般人——甚至比對一般人更強硬的態度待他。

「不過這曲目也太刁鑽了。一開始看到的時候，我還以為是要紀念莫札特誕辰還是什麼哩。」

也難怪潮田會這麼說。這次的巡迴演奏會曲目，從頭到尾全是莫札特。

1 D小調第二十號鋼琴協奏曲 K.466

2 C大調第二十一號鋼琴協奏曲 K.467

3 A大調第二十三號鋼琴協奏曲 K.488

中間相隔一段休息時間，節目時長約兩小時。若是加上安可曲，會是超過兩小時的持久戰。這些曲子在莫札特的鋼琴協奏曲當中，都屬於經典名曲，換言之，也稱得上是適合入門者的曲目。

「這曲目誰安排的？我猜八成是ＴＯＭ。」

「沒錯。」

「莫札特的話，每個人都聽過一兩段，所以也有古典樂迷以外的需求。感覺就像是TOM會評估的要點。他完全無視你的音樂性，徹底以攬客為優先在設計曲目。」

「他說在南極賣冰，才叫做生意。」

「把古典樂界當南極喔？」

潮田口氣不屑，但他並非對任何人說話都如此粗暴。平常他為人紳士，彬彬有禮，只有對能開誠布公的對象，口氣才會有些粗魯。換言之，對潮田來說，隆平可以信任，而隆平也完全信賴潮田。

隆平和潮田認識很久了。

隆平從小就展現鋼琴天賦，但可惜地沒有遇到好老師。現在他覺得這也難怪。對於沒讀過樂譜、也不會看音符和記號的小孩，沒幾個教師有能力指導。事實上有好一段時期，是自己也彈過鋼琴的由布花全程陪伴隆平練琴。

五歲的時候，隆平第一次參加發表會。回想當時，曲目是〈小星星變奏曲〉，因此可以說從一開始他就與莫札特有著不解之緣。

五歲兒童的話，似乎一般都只彈第一變奏，但當時隆平一路彈完了最後的第十二變奏。由於隆平雙眼失明，引來了聽眾驚訝和讚賞的喝采，而潮田就在當時的聽眾當中。

兩人在十年後重逢，當時隆平的鋼琴水準已經到達了由布花和一般鋼琴教師無法勝任的水準。

「什麼都行，彈來我聽聽。」

潮田跑到榊場家，劈頭就這麼要求。隆平毫不猶豫地表演了蕭邦的練習曲，聽完之後，潮田當場要求為他上課。

「隆平的琴藝非常獨特，可以說幾乎是自成一格。如果他要繼續往上爬，能夠教他的應該就只有我了。」

從某個角度來看，這種說法完全就是傲慢，但正為找不到人指導隆平而煩惱的由布花反而相信了潮田。因此隆平和潮田的往來，也差不多快滿十年了。

上鋼琴課的時候，潮田完全不講客氣，也毫不保留。現在他也對隆平說出肺腑之言。

「我不反對讓更多人聽到你的琴藝，但演奏會的曲目全是莫札特，這相當冒險。你也不是不知道，莫札特也有職業音樂家剋星之稱。」

「是的。今早我也一起床就彈了第十一號的第三樂章，沒那麼好駕馭呢。感覺曲子會配合演奏者的水準，要求更上一層樓的技術。」

「對鋼琴家來說，莫札特是永遠的課題。以為已經照著譜面要求彈了，立刻又會被莫札特本人指出不夠好的地方。從某個意義來說，莫札特比蕭邦還要難應付。說得極端一點，蕭邦只要精通蕭邦的風格就行了，但要精通莫札特，就只能不斷地靠近莫札特。你也明白這是多困難的事吧？」

隆平神色拘謹地點點頭。因為靠近莫札特，就形同與神同化。

沃夫岡．阿瑪迪斯．莫札特有「神童」之稱。他從三歲開始彈大鍵琴，五歲就已經會作曲了。七歲演奏的時候，聽眾之一的作家歌德在後來評論『他的琴藝就如同拉斐爾之於繪畫、莎士比亞之於文學』。莫札特的作品網羅所有的類別，包括交響曲、協奏曲、室內樂、奏鳴曲、歌劇、歌曲、宗教音樂，數量多達九百首以上。每一首都被譽為名曲，沒有一首是拙劣之作。

莫札特的作曲產量如此之大，理由之一，應該是他不需要草稿。「神童」之稱絕非浪得虛名。擁有稱號的作曲家不少，像是「音樂之父」巴哈、「樂聖」貝多芬、「鋼琴詩人」蕭邦，但被冠以「神」之名的，唯獨莫札特一人。

「我不是要特別把莫札特神格化，但莫札特讓鋼琴家頭痛，是不爭的事實。然而卻要每次連續彈上兩小時，巡演一整年。這根本是鋼琴鐵人賽。沒有休假，連稍微放鬆都沒辦法。」

「我媽從三個月前開始，就幫我安排了強化體力的餐點。」

「餐點內容我請由布花女士讓我看過了。一早就吃秋葵、茄汁洋蔥豬排這些感覺很補的東西，還以為是哪來的摔角選手的菜單哩。」

「TOM說，『古典樂界的音樂家也不能好整以暇。受到矚目的時候就應該盡量曝光，卯足全力開演奏會。現在這時期的付出，會決定五年十年後的地位』。」

「這也很像他會說的話。」

潮田的憤慨當中，也聽得出無奈的語氣。這是因為即使性情不投合，他也肯定TOM的經紀能力吧。

「前面也就罷了，後面我姑且同意。你在這個時候彈什麼、怎麼彈，會決定你的將來。但這並不表示你要持續過於勉強的演奏，或是不必要地曝光。重要的是打穩你自身的鋼琴風格。連日只彈奏第二十、二十一、二十三號奏鳴曲，確實會熟悉莫札特，但你並非只想彈莫札特吧？」

「老師反對巡迴演奏會嗎？」

「巡演本身沒問題，我是說曲目編排太偏頗了。」

不知是否心理作用，潮田抗議的語氣中帶著認命。感覺這是因為他知道自己的任務，僅限於指導隆平的演奏技術。

潮田的教法配合隆平的特性，極為獨創，不是其他鋼琴教師模仿得來的。然而另一方面，潮田完全缺乏要如何推銷隆平的概念。

相對地，ＴＯＭ雖然原本是錄音室樂手，對隆平的演奏卻未置一詞。相反地，他徹底將隆平視為商品，摸索最有效果的銷售方法。

而由布花把課程和經紀事務完全交給兩人，自己把全副熱情都放在隆平的健康管理上。

三人超乎完美地各司其職。因為彼此都明白這一點，即使對其他人有些不滿，也不會出口干涉。ＴＯＭ稱此為「三駕馬車體制」，但若是三人互不認同，也不可能持續合作這麼久吧。

「只要是古典樂界的人，都知道古典音樂的環境日益嚴峻。所以我能理解ＴＯＭ拚命想要吸引客人。但ＴＯＭ以前也當過錄音室樂手，他忘記一件事了。」

「什麼事？」

「招攬客人，就是招攬錢財。能夠吸引金錢的人，就具有社會價值。因為不管是客人還是金錢，能夠招攬到這些的力量很寶貴，在任何領域都是受到追求的價值。當然，莫札特也有這樣的一面。」

「我知道。」

莫札特的時代，包括作曲家在內的藝術家，都仰賴教皇和貴族等權貴的資助來活動。甚至莫札特會從小就在各地表演，主要目的就是為了尋找金主。當然，創作的方向會受到當時的流行和金主的喜好影響。莫札特的作品多半都是明朗的大調，是因為時代以及金主所想要的，就是明朗的氛圍。

「莫札特順應時代的要求，量產出符合金主要求的作品。他的作品量會這麼大，也是因為這樣的背景。因為能交出符合要求的作品，他在社會上的價值才會那麼高吧。但除了社會上的價值以外，莫札特還有音樂上的價值。晚年莫札特受到金主的冷落，社會上的價值降低了，但音樂上的價值卻在死後水漲船高。現在沒有人懷疑莫札特作的樂曲，是上帝恩賜的禮物。你明白我想要表達的意思嗎？」

「比起社會上的價值，音樂價值更重要，對嗎？」

「不對，我是在說，社會價值和音樂價值不一定彼此契合。聽到ＴＯＭ的說法，感覺他只重視你的社會價值，而輕忽了音樂價值。不過不只是ＴＯＭ如此，這也是音樂經紀整體的風潮。他們從海外邀來許多演奏家，卻不給他們選曲的自由，要求這次全部都要貝多芬，或一定要把海頓的某某曲子放進曲目裡。明明其他還有許多傑出的作曲家和樂曲，卻只讓演奏家演奏知名的曲子。」

隆平也有同感。他也會去聽其他鋼琴家的演奏會，但現代音樂和日本作曲家的曲子難得出現在節目單裡。相反的，貝多芬的第九號交響曲，在歐美就不像日本這樣頻繁演奏。

「做經紀的人，並不理解真正的古典樂。他們過度執著於招財攬客，輕忽了音樂的價值。這種情況繼續下去，會有愈來愈多聽眾不瞭解真正的古典樂，當然也無法培養出認真的演奏家，所以日本的古典音樂界只會每況愈下。」

隆平也感受得到潮田的焦躁。雖然角度和ＴＯＭ不同，但他認為兩人都在為業界的未來擔憂。

「最重要的是，你的鋼琴風格比起理論，感性所占的領域更大。身為鋼琴家，你正值成長期，卻在這時候整整一年浸淫在莫札特裡面，我覺得很危險。」

自己的鋼琴與其他鋼琴家大異其趣，這件事隆平有所自覺。這也是有視覺的人和盲人之間的差異。

隆平的眼盲是先天的，因此在接觸音樂時，也沒有音符或樂譜這些認知。不，即使對這些毫無認知，也沒有任何問題。

因為就算沒有音符的概念，隆平也能理解音樂本身。上帝奪走了隆平的視覺，卻給了他絕對音感做為補償。絕對音感成了隆平的鋼琴風格的基礎。也就是說，他能把聽過一次的演奏，在腦中完美重現。

樂譜是作曲家把樂曲的意象轉化為記號的軟體。所以即使是一樣的樂譜，依據演奏者這個硬體的性能高低，彈奏出來的音樂也會有所差異。因為在閱讀樂譜的時候，對樂曲完成的背景、作曲家指示記號用意的理解能力，各人不同。換句話說，音樂是透過樂曲↓記譜↓解讀↓演奏這樣的過程被呈現出來，但是在個別的過程中，會出現資訊的遺漏或扭曲。

但隆平只要聽過一次，就能完美重現音樂，因此過程相當單純，只有樂曲→演奏。只要聆聽視為理想的樂曲，接下來只要手指能夠如同腦中的意象彈奏，就能演奏出相同的音樂。當然，也可以在練習的過程中加入隆平個人的詮釋。潮田會說『你的鋼琴風格比起理論，感性所占的領域更大』，就是基於這樣的理由。

「就算你的記憶力出類拔萃，長達一年都只聽三首奏鳴曲，不會擔心出現偏差嗎？」

「我從來沒有這樣的經驗，所以也不能說什麼。」

「莫札特巡演應該能帶來不小的收穫，但也有風險。TOM這麼精明，一定也注意到風險了，但站在他的立場，當然會把回報視為優先。」

「可是，事到如今也不可能取消公演了。」

「這我明白。只是考慮到你的將來，就算在巡演期間，也應該聽一下或彈一下別的曲子。」

「如果是小提琴還是長笛就好了，但鋼琴又沒辦法隨身帶著走。」

「這我也明白。無法上台的時候，就用隨身聽聽一下別的曲子，或是在腦中想像演奏。你的話，應該易如反掌吧？」

最近的隨身聽和耳機性能大幅提升，和以落地式喇叭聆聽，音質相去不大，但還是比不過現場舞台演奏。

「我想聽別人的演奏會。」

「我也覺得這樣比較好，但行程排不出空檔吧？」

「我會擠出來。」

「你覺得由布花女士和ＴＯＭ會同意嗎？」

因為是一整年的巡演，一天的行程會以上台表演為最優先。要擠出時間參加別人的演奏會，應該難如登天。負責管理隆平健康的由布花一定會打回票。

「她一定不會答應。」

「真令人煩惱啊。」

傳來用力搔抓頭髮的聲音。是潮田一籌莫展時的習慣動作。

「由布花女士和ＴＯＭ那些話，也都是為你著想嘛。如果是出於恨你而想要毀了你的動機，就算揍死對方，我也要貫徹我的想法。」

「請別這樣做啊。」

隆平認識中的潮田是個血性漢子，只要他覺得不對，不論對方是誰，都會直言不諱。有一次潮田還把和ＴＯＭ同一家經紀公司的藝人批得一文不值。當時隆平忍不住佩服：所謂心直口快，就是指他這種個性嗎？

「放心吧，現在的三人體制已經持續了很久。榊場隆平能變得這麼出名，一方面雖然是因為蕭邦鋼琴大賽的成績，但也是團隊努力的成果。我不打算現在再來破壞它。」

隆平認為，說到底還是得在某些地方勉強自己。仔細想想，以自己的實力，莫札特全國巡演的企畫原本就太勉強，或是太胡來了。演奏者本身不可能完全不必勉強。

「能獲得卓越成就的人，一定都必須勉強自己。」

潮田把音調放低了一階說。

「藝術家、創作者、表演者，什麼都行。創造事物的人在更上一層樓的時候，幾乎都一定是全力以赴。作品內容固然如此，數量也是一樣的。從事這類工作，一定會遇到忙得不可開交的時期，或非忙翻天不可的時期。這是因為時代渴求這個人及他的藝術。被稱為天才的人大多也不例外。這是我個人的看法，某段時期的量產，也是天才必備的資質之一。莫札特完全就是如此。」

潮田的語調平淡，聽著卻覺得有些狂傲不遜，隆平疑惑這是為什麼？

他想了一下，恍然大悟。

因為不管是卓越的成就或天才，對潮田來說都事不關己。

「所以對於你全力衝刺，我沒有任何異議。只是那應該是現在嗎？我無法判斷。」

「老師反對巡演，是為了這個理由嗎？」

「不好意思啊，我這人器量就是這麼小。對於自己無法接受的事，沒辦法輕易點頭。」

不過潮田的器量，完全是為了隆平量身訂做。為何會有人如此設身處地為自己著想？

隆平感到不可思議極了。

自從懂事的時候開始，隆平就不斷地為周圍帶來麻煩。由於天生的缺陷，害母親扛起了一般母親不必背負的辛苦，父親死後更是如此。即使有從老家繼承的資產，在照顧隆平的時候，由布花也絕對不假他人之手。就算經濟上不虞匱乏，照顧視障人士，也比照顧一般小孩要辛苦太多了。

陪伴者必須站在視障者的角度來看世界。

端茶或咖啡時，或是在外出拜訪的地點被招待飲料時，陪伴者必須伸手引導視障者的手觸碰茶具。只是擺在桌上，視障者會在伸手摸索時打翻茶杯，弄個不好，會有燙傷的危險。實際上隆平小時候就曾經打翻熱湯，受了輕微的燙傷。當時由布花驚慌的反應，讓被燙傷的隆平自己都感到不忍心。

走在馬路上更需要小心。陪伴者必須走在靠車道的一邊。留意往來車輛的同時，還要睜大眼睛注意人行道的側溝、路面凹坑、突出的樹枝和招牌等等。想想一時的疏忽就可能造成事故，即使只是散步，也必須全神戒備。

上廁所時更是大費周章。必須先進入廁所，說明馬桶、廁紙和洗手台的位置，交代上完廁所後要說一聲，然後在外面等。

若是加上其他日常生活瑣事，實在沒完沒了。這些麻煩對由布花是理所當然，她不在場的時候，ＴＯＭ和潮田就得一手攬下。

潮田也對隆平付出了無比的照顧，甚至從音符的概念到點字樂譜的讀法，都逐一教導。潮田還從古今東西挑選出色的演奏，為隆平講解及分析樂曲。與視障人士相處，應該有許多地方不同於一般，但潮田完全沒有表現出那種不知所措。後來聽由布花說，潮田還特地拜訪相關機構，向職員學習如何與身障人士相處。

將視障視為特質的正向觀點，隆平本人也極為支持。但這仍然無法改變會對陪伴者造成一定麻煩的事實。健全者與身障者彼此協助這樣的說法，終究只是美麗的口號。

由布花總是叫隆平不要卑躬屈膝。她說即使隆平感到內疚，他的琴藝所帶來的感動，也遠遠超越了那些。

隆平會全心貫注在鋼琴上，理由之一也是想要對身邊的人報恩。他要演奏，帶來比製造的麻煩更多的感動。他覺得這就是自己存在的理由。

「巡演一旦開始，我能做的事很有限。頂多只能在旁邊幫你跑跑腿。」

鋼琴演奏會上，有時會有負責翻譜的人在一旁候命，但本來就不讀樂譜的隆平連這都不需要。

「光是有老師陪著我，我就覺得放心了。」

「聽到這話我很開心，但只能當個護身符，實在令人心急。」

「老師有這份心就很足夠了。」

「不要對我說客套話。」

潮田笑著嘀咕說。

「蕭邦鋼琴大賽以後，你接受訪談的機會增加，對答愈來愈流利，這是好事，但可千萬不能變成老油條。那些是我和ＴＯＭ的職責範圍。」

「我都二十四歲了耶。」

「老油條是妥協的另一個名字。你是往後還要繼續對抗世界的人，所以我不會叫你變得目中無人，但也沒必要畏縮。我知道你的個性，不會要你變成野蠻人，但至少對自己人不必客氣。要是有功夫對人客氣，倒不如全部投注在鋼琴上。」

不管說法有多粗魯，由於在根本之處彼此信賴，因此隆平並不感到不舒服。反而覺得好像被推了一把，受到鼓勵。

「巡演還有幾天才會開始。既然要送你上路，我會督促你好好練習，讓彼此都不留下後悔。做好心理準備了嗎？」

「放馬過來吧！」

隆平輕輕甩了甩頭，雙手放到鍵盤上。

3

在蕭邦鋼琴大賽奪得名次，不只是音樂雜誌，也會博得報紙和一般雜誌的關注。「榊場隆平莫札特巡迴演奏會」的消息正式公開後，有許多這類媒體提出了採訪邀約。

『聽說就連職業鋼琴家，對於在舞台上演奏莫札特，也會感到遲疑。這次巡演的原動力，果然是打入蕭邦鋼琴大賽決賽的自信嗎？』

『不是因為我特別有自信……啊，我當然會做出水準不負眾人期待的演奏，但我身為鋼琴家，莫札特確實是我喜愛的作曲家之一……而且我在人生的第一場發表會彈奏的也是〈小星星變奏曲〉。』

『莫札特是您最喜愛的作曲家呢。』

『是我喜愛的作曲家之一。』

『即使不是古典樂迷，莫札特也是無人不知的音樂家。』

『是啊，像電視廣告等等，很多背景音樂其實都是莫札特的曲子。』

『會刻意以知名作曲家為賣點，是希望能挽回近幾年古典樂界的頹勢嗎？』

『……呃，我並沒有這麼大的野心。反倒是我還有許多需要學習的地方。』

『我們是古典樂專門雜誌，但強烈地感覺包括這次的莫札特巡演在內，最近的演奏會都不斷地在重複演奏十九世紀的曲子，您預定演奏所謂前衛音樂的史托克豪森、布萊茲、荀白克這些作曲家的作品嗎？』

『布萊茲也有我喜歡的曲子，但目前沒有在舞台上演奏的計畫。』

『那麼阿福．佩爾特、舒尼特克、葛瑞茲基的作品呢？他們雖然屬於現代音樂，卻不是前衛派那種實驗性的音樂，旋律容易親近。』

『阿福．佩爾特很新呢。我聽說他有許多狂熱的樂迷。』

『您預定在舞台上彈奏嗎？』

『不好意思，目前沒有預定。』

『也就是說，比起現代音樂，榊場先生認為以莫札特為代表的古典派音樂家的作品更有演奏的價值。』

『我會端出讓前來聆聽的古典樂迷滿足的演奏。這個目標暫時不會改變。』（《帝都新聞》週日版　文化．演藝專欄）

「這什麼東西！」

由布花讀完訪談內容，終於發飆了。

「寫得好像隆平對古典派以外都沒有興趣一樣。隆平，你真的是這樣回答的嗎？」

「不是的，由布花女士。」

由布花旁邊的ＴＯＭ當下否定。

「訪談的時候我也在場，隆平的回答不是這種意思。他明明說如果有機會，也想演奏現代音樂啊，對吧？」

「對，我是這麼回答的。」

「那怎麼會變成輕視現代音樂的回答內容？」

「這是我的疏失。」

傳來ＴＯＭ敲打桌面的聲音。

「這是全國大報，訂戶也多。對方答應要用幾乎整版的文化演藝版來刊登訪談，所以我才答應採訪，但我沒有去調查記者的背景。」

「這個記者有什麼問題嗎？」

「他以前是政治記者，跟某個在野黨黨魁走得極近。這個黨魁是個狂熱的古典樂迷，而且是現代音樂的粉絲。」

「我知道那個黨魁，我在《唱片藝術》雜誌看過他。」

「那個記者受到黨魁影響，好像也迷上了現代音樂。後來他鬧出一些問題，調了部門，但似乎很討厭迎合大眾的古典音樂。所以在他眼中，舉辦莫札特巡演的隆平或許就像是一種假想敵。」

「這根本是偏見吧？」

「《帝都新聞》本身標榜自由派，所以對具有權威的主流事物抱持輕蔑的態度。這篇報導不僅不算偏見，其實完全符合該報風格。」

「看到這篇報導的人會不會退票啊？」

「這一點可以放心，由布花女士。」

ＴＯＭ安撫說。

「這種報導，讀者看過內容就忘記了，只會記住榊場隆平的臉和名字還有要舉行莫札特巡演的事。重點不是內容，而是曝光。」

「臉。」

在一旁聆聽的隆平沒有錯過這個詞。

「報上刊出了我的臉嗎？」

「這是訪談啊，當然囉。」由布花說。

「照片有多大？」

「大概手掌這麼大吧。」

羞恥頓時擴散心胸。雖然開始登上媒體已經好一段時間了，但刊登照片還是讓他感到很不習慣。雖然自己看不到報導，但曝露在公眾目光之中，還是讓他相當抗拒。

「我知道曝光很重要，但刊出之前，就不能讓我們確定一下內容嗎？」由布花說。

「畢竟這是報紙啊。報紙原則上是不會讓受訪者看到完成的稿件的。理由是如果讓受訪者檢閱內容，就形同拱手交出報導的主體性，到底是對自己寫出來的東西多有自信啊？不過報社這種地方，不管是政治線還是哪個線，都是自尊和傲慢的化身，他們無法自制地要指導無知的大眾何謂高尚的音樂。」

ＴＯＭ會如此痛恨報紙，是有理由的。他還是錄音室樂手的時候，好像也在文化版被刊出相當批判的報導內容。他說當時因為年輕氣盛，更是氣不過，到現在依然記恨在心。

「沒關係，雖然《帝都新聞》這副德行，但《月刊 Piano》、《音樂之友》這些音樂雜誌都會提供校樣，而且內容對隆平相當友好。這種偏頗的報導，只因為自己看不順眼就貶低音樂家，不是愛樂人該有的行徑。」

最近隆平也覺得，音樂原本是不分高尚或低俗的。不管是古典樂、流行樂還是龐克樂，全都是節奏與旋律的集合體。都同樣能撫慰、鼓舞靈魂。音樂類別不分貴賤，樂迷各自享受喜愛的音樂就行了。他覺得特別尊崇或擁戴某一類別的音樂，似乎不太健康。

「可是ＴＯＭ，今天的採訪沒問題嗎？對方不是報社，也不是音樂雜誌吧？」

「《週刊春潮》是從政治到演藝新聞無所不包的綜合雜誌。好像要放在介紹當紅話題人物的單元。」

「對方是怎樣的記者？」

「綜合雜誌的採訪這是第一次，所以我也不太清楚狀況。那位記者好像叫寺下，但我看了《週刊春潮》的官網，也沒找到他的個人介紹。」

「《週刊春潮》我也聽說過，不是什麼來路不明的雜誌呢。」

「是大出版社底下的雜誌，應該不至於雇用太奇怪的記者才對。」

「就是說呢。」

聽兩人的口氣，就彷彿即使有令人不安的要素，也硬要說服自己安心。不，與其說是讓自己安心，感覺更像是不想讓隆平擔心。

「重要的是綜合雜誌這一點。就和全國大報一樣，也會有古典樂迷以外的人看到。他們或許會看到報導，對隆平感到好奇，買票參加演奏會。這是開發新粉絲的大好機會。」

ＴＯＭ輕輕把手擱在隆平肩上：

「我會陪你接受訪談。如果覺得記者的問題不妙，我會立刻向你打信號，你就打住不要回答。」

這豈不是就像傀儡嗎？

「如果是就算不妙，也非回答不可的問題，那該怎麼辦？」

「我會替你回答。放心吧，我不會做出讓對方不高興的回答。別看我這樣，我也幹了經紀人這麼久了，有段時期還負責偶像歌手事務，跟那時候比起來，已經成長不少了。」

「那時候那麼糟嗎？」

「採訪偶像的時候，記者都只會出於好奇問些低俗的問題，根本就不想瞭解本人的抱負或展望。訪談後的改稿指示，每次都教人頭大極了。」

自己絕對不是什麼偶像，相較之下，確實算是輕鬆的吧。低俗的問題至多就是對視障的好奇，這部分的話，一點都不算什麼。

畢竟假惺惺的憐憫和指名道姓的嫉羨，他都已經聽過太多了。

「幸會。」

記者寺下博之比約好的時間更早上門了。

隆平看不到對方的臉，但光從聲音，可以想像出大致上的容貌。聲音渾厚的人，脖子通常較粗，聲音尖細的人，脖子也很細。下巴的形狀和嘴巴大小也會影響音質，因此可以猜出大概的相貌。以前他向由布花詢問確定，發現自己想像的容貌與實際相去不遠。

寺下的聲音很細，而且黏膩。撇開本人的人品不談，寺下的聲音聽起來不是很舒服。

「我是榊場隆平。」

「我是經紀人ＴＯＭ山崎。今天請多指教。」

兩人身上傳來衣物摩擦聲，一定是在交換名片。

「咦？」ＴＯＭ發出訝異的聲音。「寺下先生不是《週刊春潮》的記者嗎？」

「啊，我是自由記者。我向雜誌社提出企劃，推銷自己的報導文章。現在算是半專屬於春潮。」

「那麼，訪談榊場隆平，也是寺下先生向雜誌提出的企劃案嗎？」

「是的。《週刊春潮》在演藝方面很強，但音樂部分，尤其是古典音樂領域，則是完全生疏，難得榊場先生是現在的當紅炸子雞，雜誌社裡卻沒有人想到要報導他，所以我提出了這個採訪企劃。」

「企劃通過了嗎？」

「唔，依據報導的精彩程度，也是有沒登上版面的時候啦。」

寺下自嘲地說，但聽起來完全是來自傲慢的自嘲。

不太妙。

隆平有些擔憂起來。他對自由記者沒有偏見，也不清楚寺下的個性，但他不認為接下來的訪談內容，氣氛會和樂到哪裡去。雖然沒有特別的根據，但總教人感到不安。

「我想先確定一下，採訪報導的校樣，會在刊登前讓我們看過嗎？」

「這是沒問題，但距離最終校對，時間上很緊迫，如果可以，希望僅限於局部的修正更改。」

「只要內容確實反映出榊場的意思，就不需要大幅修改。」

「我會留意。那麼，可以錄音嗎？」

「沒問題。」

前方傳來東西放下的聲音。應該是小型ＩＣ錄音機。最近的錄音機都比手掌還要小，放下時的聲音也很輕。

「訪談就採用閒聊的方式，真的請輕鬆回答沒關係。我想先從閒話家常開始。榊場先生最近有沒有遇到什麼有趣或吃驚的事？」

「我一直都關在練習室裡，沒遇到什麼特別有趣的事。」

「巡演近在眼前嘛。沒有公演時，您會出門去哪裡嗎？」

「沒有公演的時候，我經常去聽別人的演奏會。別人怎麼彈琴，非常值得參考。」

拉拉雜雜地閒聊了一陣，隆平的戒心也漸漸解除了。訪談開始前他很憂心，但實際開始後，寺下不愧是記者，很擅長問話。他會適度地抬舉對方，並適度地提供刺激，讓話題順暢進行。他詢問隆平對巡演的期待、曲目選擇第二十、二十一、二十三號協奏曲的理由等等，對隆平的回答也顯得興致勃勃。平常話不多的隆平遇上音樂話題，也變得滔滔不絕。他不是討厭聊天，只是持續不感興趣的對話，會讓他感到痛苦而已。

「對了，榊場先生是什麼時候開始彈琴的？」

「我自己不記得了，但聽說是一歲會扶東西站的時候就開始彈了。」

「從一歲就開始彈琴了！真是天才呢。」

「能彈出完整的曲子，聽說是兩歲以後的事。是家母彈練習曲，我跟在旁邊學著彈，說是天才，太言過其實了。」

「不不不，兩歲就能彈練習曲，跟神童也沒兩樣了。就像諺語說的，白檀初發即芬芳呢。」

隆平從寺下的話中聽見一絲揶揄的聲氣。他以為是彼此開始熟稔了，所以對方不再那麼恭敬而已，但並非如此。

「還有沒有其他這類神童事蹟？」

「呃，我不知道其他人是怎麼認識鋼琴的，所以不清楚有什麼樣的不同。」

「比方說，演奏的時候出現惡魔，開始跳舞之類的。」

寺下舉的例子，是小提琴家尼古洛．帕格尼尼的軼聞。據說帕格尼尼在維也納舉行演奏會時，許多人聲稱舞台上出現了惡魔。更有人說聽眾裡面還有個帕格尼尼，看著舞台上正在演奏的帕格尼尼，或是另一個帕格尼尼以獸人的身姿，飄浮在半空中看著自己的演奏等等。不管怎麼樣，這些內容與其說是軼事，更屬於奇幻情節的範疇。

這並非家喻戶曉的軼事，因此寺下不是從以前就知道，就是為了這次的訪談，事先做功課查到的。隆平有些感動，覺得他是個很敬業的訪談者，但這樣的人物評價，實在下得太早了。

「很可惜，就算舞台上出現惡魔，我也看不見。」

說出口之後隆平才驚覺糟糕。換個角度，這或許會被當成黑色幽默。

「在聆聽《荒山之夜》或《魔彈射手》時，在我的想像中，是會有惡魔出現。」

「您沒有實際見過惡魔嗎？」

話題朝奇妙的方向偏離，但ＴＯＭ沒有制止，所以隆平繼續回答：

「現實中真的有人遇到惡魔嗎？」

「很多啊。媒體圈裡也有。我自己也看過許多這樣的人。」

「很有趣，但是和音樂界似乎沒有關係呢。」

「不不不，」寺下口吻打趣地說。「音樂界也有人遇到惡魔。啊，這樣說，變得好像超自然雜誌《MU》的採訪了。正確地說，我的意思是有人把靈魂賣給了惡魔。」

隆平有了不祥的預感。但ＴＯＭ還是沒有出聲制止。

「我不清楚您這話是什麼意思？」

「兩年前，有個作曲家被譽為現代貝多芬，一躍成為時代寵兒、備受讚譽。他四處宣稱自己因為感覺神經性聽力喪失而造成雙耳全聾，實際上卻是謊話連篇，樂器的聲音他當然聽得見，日常對話也完全無礙。不僅如此，他以全聾作曲家的身分開始走紅之後的曲子，也全是出自幕後的幽靈作曲家的手筆。他不是什麼貝多芬，只是個詐騙師。」

這件事隆平也聽說過。那個人在古典樂界也是個知名人物，因此詐稱殘疾以及找人捉刀作曲的嫌疑被週刊雜誌揭露後，本人透過律師公開親筆道歉信，鬧得滿城風雨，天翻地覆。

聽覺障礙對音樂家來說，是致命的缺陷。活在聲音世界裡的人，被剝奪聽覺，形同被宣判死刑。貝多芬因為創作出精彩的樂曲，被譽為「樂聖」，在耳聾的摧折下仍持續創作音樂這件事，更讓他被神格化。

「他和替他捉刀作曲的人，也都是遇到惡魔的人。」

謊稱身負殘疾以及雇用幽靈作曲家，是否等同於出賣靈魂給惡魔，隆平難以斷定。但他站在同為身障者的立場，對於謊稱殘疾還是沒有好印象。因為雖然他自己把視力障礙視為一種特質，但詐騙的人顯然把身障當成一種附加價值。

一隻手輕按在背上。是ＴＯＭ給他的警告信號。

「那件事真的很讓人遺憾。」

這樣的回應，算是八面玲瓏。

「同為音樂界的人，會覺得很對不起喜愛音樂、嚮往音樂的人。」

這番悅耳動聽的話，連自己聽了都感到自我嫌惡，但那一連串風波確實令人遺憾。甘願捉刀作曲的當事人，也是音樂界有頭有臉的人物，更是如此了。

「我不是事件當事人，所以也沒辦法說什麼，但我能夠做的，只有嚴肅面對音樂，把最好的演奏提供給大家。」

「您說那起事件令人遺憾，但除此之外，沒有別的感受嗎？像是突然感到害怕，或是覺得焦急。」

「雖然覺得有些害怕，但我並不覺得有什麼好焦急的。」

「您說害怕，是擔心自己遲早也會步上後塵嗎？擔心自己也會像他那樣，詐騙世人的事被揭發？」

「請等一下。」

ＴＯＭ的聲音打斷寺下。

「這話我不能當做沒聽見。您是在指控榊場謊稱自己眼盲嗎？」

「我並不是在說榊場先生這樣。」

對於ＴＯＭ的抗議，寺下以滿不在乎的口吻回應。

「但我從相關人士口中聽說，在音樂界，謊稱經歷或捉刀作曲的事不勝枚舉。不光是樂曲本身，若要連同藝術家的屬性一起推銷，就需要一些渲染或是標籤。」

「你太沒禮貌了！」

「經紀人，用不著這樣大動肝火吧？謊報年齡和整形的偶像歌手，不是多如牛毛嗎？」

「不要拿那些泡沫藝人跟榊場混為一談！」

「外表就是商品的藝人，和演奏技術是商品的鋼琴家，完全無法相提並論吧？確實，鋼琴家就算謊報身體特徵，也不會失去賣點的演奏技術的價值。但如果粉絲是為了榊場先生的特定屬性購買他的ＣＤ和演奏會門票，那就是嚴重的背叛了。」

「我要關掉錄音。」

「喂！」

傳來錄音機從桌上被拿走，兩人爭奪的聲音。

「不要隨便動別人的東西！」

「隨便亂來的是誰！」

「你們就那麼害怕被錄音嗎！」

「你的指控分明就是誹謗中傷！」

「我只是在向榊場先生請教他對音樂界盛行的詐騙風氣有什麼意見啊！」

「你這就叫做血口噴人！」

「請不要誤會了。我並不是在抨擊榊場先生在詐騙世人。如果說在音樂界，謊稱詐騙是一種理所當然，那就不是什麼大不了的事吧？既然如此，與其被我或其他記者挖出驚爆內幕，趁這個機會告白出來，還比較能減少形象損失。俗話不是說，好漢不打落水狗嗎？」

「少擺出一副道貌岸然的嘴臉！」

TOM的口氣愈來愈火爆。姑且不論對自己人，對外人總是恭敬有禮的他難得會這樣。

「你從一開始就打算對榊場施壓，讓他驚慌失措，好製造假新聞是吧？」

「這話也太難聽了，我只是想請教代表當今古典樂界的新銳鋼琴師，關於業界裡的詐騙風氣——」

「你請回吧。」

「要拒絕採訪嗎？不回答該回答的問題，連原本相信的人都會開始懷疑有鬼喔？」

寺下挑釁地說。不，應該說得意洋洋才正確嗎？

「要是雜誌讀者每一個都具備深厚的教養和健全的判斷能力就好了。不幸的是，這世上有一堆會被顯而易見的假新聞和陰謀論牽著鼻子走的蠢人。這種人一旦聽信了謊言，就很難再改變想法。因為他們本來就是單細胞，不擅長複雜的思考，而且只有自尊心比天還要高。如果榊場先生的視障是假的這件事流傳開來，可能會造成粉絲數量爆跌喔。應該也會有人把激烈的爭奪戰中搶到的門票釋出退票。」

「我已經說請回了。」

隆平聽出ＴＯＭ就要爆炸了。

「我要報警了。」

「呵呵呵，甚至威脅報警，也不敢回答這個問題嗎？」

「隆平，你一句話都不要說。這傢伙的耳朵扭曲得可怕，只會曲解對方說的話。」

「我倒覺得身為記者，這是天經地義的資質。好了，繼續賴下去，感覺也不會有進展。今天就先到此打住好了。」

「不要再來了！」

「這就要看你們的表現了。那麼，告辭了。」

開門聲，遠離的腳步聲。似乎是寺下離開了。

「抱歉，隆平。」

TOM的聲音聽起來前所未有地歉疚。

「我應該快點把他趕出去的。我完全沒想到居然會從帕格尼尼和惡魔發展成那種話題。」

「我也嚇了一跳。」

「最後還說什麼是聽信流言的人自己不對。我還以為自己已經習慣下三濫的媒體圈了，沒想到那個寺下更是下三濫裡的下三濫。相較之下，網路的假新聞就像傳話遊戲一樣，根本是小兒科。」

TOM嘆了一口氣，感慨良多地說：

「幸好潮田老師不在場。要是他也在，八成已經動手揍死那傢伙了。」

隆平也有同感。

4

「為什麼不找我一起？」

一聽到寺下的事，潮田暴跳如雷。光是那激動的聲音，就證明了ＴＯＭ和隆平的預測是對的。

「隆平的視障是假的？胡說八道！謊稱全聾和捉刀作曲那件事確實十分惡質，完全沒有辯解的餘地，但因為這樣就懷疑起其他有身體缺陷的演奏家，這發想根本是瘋了。你居然吞得下這口氣。」

「因為我真的嚇到了……」

明明不是自己遭到責備，隆平卻畏縮起來。

「而且從來沒有人像那樣質疑我的視力……」

突然一陣沉默。

潮田正拚命在找話說。激動起來的潮田會陷入沉默，總是在顧慮到隆平的時候。

「ＴＯＭ和由布花女士怎麼說？」

「ＴＯＭ說他會向雜誌出版社抗議。我媽一直說不敢相信，總之很生氣，最後哭了一下。」

「哭了啊……。這也難怪。為了你的眼睛，最辛苦的是你自己，再來就是令堂了嘛。」

不——隆平在內心否定。母親的辛苦，和自己是一樣的。至於悲傷，恐怕是超過自己。因為從隆平懂事的時候開始，由布花就不斷地向他道歉。

對不起，對不起。

原諒媽媽吧。

隆平之所以全盲，並非母親不注意健康還是有什麼疏忽而導致，也不是生產的醫院或醫生有過錯。

他聽說原因是先天性青光眼。

眼球能維持穩定的球狀，是依靠房水這種眼內液對眼壁施加內壓。房水在眼球裡循環，通過前房隅角（角膜與虹彩的境界），並從許萊姆氏管排出，來維持固定眼壓。但隅角若發育不良，房水就無法順利排出，造成眼壓過高，壓迫到視神經。受壓迫的視神經會損傷，最糟糕的情況，會導致失明——就像隆平這樣。

目前先天性青光眼並未明確證實有遺傳性，隅角形成異常的原因也不清楚。若是及早發現，就能評估是否動手術來減輕眼壓，但隆平的狀況是病情進展過快，查出病名時已經太遲了。

所以不是任何人的過錯。硬要說的話，是老天爺的惡作劇。

「只要稍微運用一下想像力，就可以輕易想像視障人士的辛苦，然而卻說那是謊稱、是裝出來的，寺下這個人到底惡劣到什麼地步？這要是個人的好奇心，還能說是品性低劣就算了，但一定是出於想要靠醜聞刺激雜誌銷量的下流動機吧。光想就教人作嘔。不只是你，在場的ＴＯＭ居然忍得下來。」

「ＴＯＭ差點要爆炸了。」

隆平描述宣告採訪結束的ＴＯＭ和寺下的對話，潮田驚訝地「嘿」了一聲。

「對外人總是公事公辦的ＴＯＭ，居然動手搶對方的錄音機？看來他真的很氣不過。」

隆平想，當時兩人慶幸潮田不在場這件事，還是不要說出來好了。

潮田還沒氣完：

「寺下的言行固然令人火大，但還有其他教人生氣的事。」

「還有別的嗎？」

「因為寺下的話有一部分說中了。世上有太多會被假新聞所騙的傻子。這種人只要信了謊言，就很難再改變觀念。因為他們本來就是單細胞，不擅長複雜的思考，而且只有自尊心比別人更強。雖然很不甘心，但TOM這話一針見血。如果寺下在報導中宣稱隆平的視障是偽裝的，就會有一定數目的讀者信以為真。考慮到《週刊春潮》的發行量，相信的傻子數量也會不少。」

「可是，如果真的演變成那樣，我可以公開我的身障手冊。」

「之前那名雙耳全聾的音樂家，一開始也領有橫濱市的第一種二級身心障礙手冊。就算你公開手冊，懷疑的人還是會懷疑。一旦陷入這種思考迴路，就幾乎不可能自拔了。」

隆平感到困惑。他今年二十四歲了。身為演奏家，他覺得自己有著超出年齡的豐富經歷，但總擺脫不了身為二十四歲的一般男性，自己很不成熟的感覺。

視力的缺陷當然帶來了不便，但不必看到並記住骯髒或討厭的事物，是失明少數的優點。由布花常說「我再也不想看到○○了」，換個觀點來說，隆平因為看不見，得以從世俗的醜惡被隔絕開來。

自己知道音樂的優美與華麗，但對於人的醜惡與毒辣，他只能在觀念上理解。所以就算潮田談論那些思想淺薄的人，他也毫無真實感。

「TOM向出版社抗議是正攻法，但也有些人正攻法行不通。」

「好像黑道呢。」

「這世上有一堆沒有名號的黑道。他們披著一般阿伯大嬸的外貌，卻會刁難找碴，或是四處散播莫須有的負評。他們不像黑道還有要遵守的道義，搞不好比正牌黑道更要惡質。」

雖然聽起來很可怕，但隆平還是不認為有那麼多人會把假新聞當真。這也是因為自己不諳世事，才會這麼感覺嗎？

「TOM有拿到那傢伙的名片吧？」

「我沒問，但聽起來像是有交換名片。」

「如果是自由記者，名片上應該有個人的連絡方式吧。」

「老師。」隆平有了不好的預感。「你該不會想要上門去打人吧？請千萬別做出這麼危險的事。」

「喂喂喂，你把長年相隨的恩師當成黑道敢死隊了嗎？甭擔心，我只是要當成下次他再上門時牽制他的材料而已。提醒他一聲，夜路走多了，當心遇到鬼。」

「……老師才更像黑道吧？」

「我不是說了嗎？世上有一堆沒有名號的黑道。我就算是鋼琴黑道好了。」

這笑話一點都不好笑。

「知道對方的據點在哪，不會有損失。發現自己的長相、姓名、住址被對方掌握，很多人就會安分了。」

「萬一那個寺下是個用筆代槍的黑道怎麼辦？」

「很會說嘛。」

潮田終於轉為笑語。

「惡質的傢伙，用正攻法對付也有個極限。他拿穩了我們扛著榊場隆平這塊招牌，不敢來硬的。不覺得可以反過來利用這一點嗎？」

「拜託老師，別這樣好嗎！」

「別看我這樣，我在讀音大的時候，可是個武鬥派。」

「再不適可而止，我要生氣囉。」

「抱歉抱歉。那，繼續練習吧。可是啊，隆平。我和ＴＯＭ這兩個個性截然不同的人都在提防他，你要理解這代表了什麼意義。雖然我沒有直接見過，但感覺這個叫寺下的是Untouchable。」

「有部電影就叫這個片名呢。主角是聯邦調查局探員嗎？*」

「這個詞原本的意思是種性制度的最低層，不可觸碰的賤民。」

「人家的頭銜是自由記者耶。」

「頭銜和為人不匹配，是常有的事。人容易被看得見的資訊所蒙蔽。」

——＊　譯註：指一九八七年的電影《鐵面無私》（*The Untouchables*）。

潮田的意思是，所以看不見的自己不容易被蒙蔽嗎？

他覺得這是過度抬舉了。即使摻雜了一些錯誤，比起一片空白，資訊肯定是愈多愈好。

「你應該對自己的價值稍微有所自覺。」

「價值嗎？」

潮田突來的一句話，讓隆平詞窮了。

如果說他從來沒有思考過自己的價值，那是騙人的。知道世上有光和色彩的時候，他也醒悟到只有自己絕對無法感知到這些。他聽說同齡的朋友都可以獨自吃飯，獨自外出。

得知缺陷——handicap 一詞的原意是「不利條件」，他怨恨命運：原來自己從一出生就是「不利」的嗎？但由布花獻身的照顧，緩和了他的絕望。無法在生命中找到意義的時候，至少他會想要為了母親活下去。

隆平動輒陷入自卑與自我嫌惡，委靡不振，這時總是鋼琴鼓勵了他。面對八十八個琴鍵時，隆平的手與鋼琴融為一體，自在演奏音樂。他不需要讀譜，只要聽過一次演奏，音樂就會刻畫在耳朵和腦中。別人對此驚愕無比，說這是只屬於他的特技，是其他人絕對模仿不來的。

即使說因為他有這唯一的特技才能活到今天，也絕不誇張。但這項特技完全足以彌補他失去的視力嗎？

在蕭邦鋼琴大賽中得獎確實令人驕傲。與各國決賽者交流，他甚至感覺自己受到音樂世界的祝福。

但說到底，也就這樣罷了。彈奏蕭邦、演奏貝多芬、讓大家聽見莫札特，但只要走下舞台，隆平就是個連一個人自由走動都辦不到的「不利」的人。

「老實說我不知道。」

對由布花說不出口的話，他可以對潮田坦白。

「我只是鋼琴彈得比別人好一點，至於這彌補了我的缺陷多少、讓我靠近健全者多少，我完全沒個底。」

「你是真心這樣想的嗎？」

「我想只要是身體有殘缺的人，都會這樣想。」

「有殘缺的人比四肢健全的人更不如嗎？」

「這不是感情論，是事實。」

「傻瓜！」

潮田把手伸進隆平的頭髮中用力搔了搔。

「你把健全者看得太理想了。世上有太多愚蠢的睜眼瞎子，也有人明明有耳朵，卻只聽得進沒用的胡說八道。」

老師是健全者，才說得出這種話。

話來到喉邊卡住了。他覺得這話等於承認了自己的卑微。

「世上有數不清的視障音樂家。我不想現在再來一一評論他們的音樂，但關於榊場隆平的鋼琴有多棒，我可是第一流的評論家。『只是鋼琴彈得比別人好一點，這能彌補多少生理缺陷』？哼，別說彌補了，更是遠遠超越、綽綽有餘。你以為四肢健全的人，有幾個人能打進蕭邦鋼琴大賽？有幾個人能得獎？」

「可是，那只有鋼琴方面……」

「沒錯，只限鋼琴。但光是彈奏鋼琴就能安慰或振奮人心的，只有少數的天選之人。

這跟眼睛看不看得見無關。只有獲得音樂之神恩賜的才華的人才是贏家。聽好了，隆平。你明白為什麼寺下這個下流的記者會要求採訪你嗎？」

「因為蕭邦鋼琴大賽的得獎者要辦巡迴演出。」

「沒錯，但正確地說並不對。他會想採訪榊場隆平，是因為榊場隆平這名鋼琴家有採訪的價值。因為有許多粉絲關注著你的一舉一動。因為有黑粉迫不及待想看到你的八卦或醜聞被揭露。這要是平凡人，或是連平凡都不到的人，根本沒有人在乎。所以愈是這種人，愈想要膨脹自己，想要吹牛皮誇海口來譁眾取寵。」

「這是值得高興的事嗎？」

「至少不是應該感到自卑的事。有個難聽的詞，說這叫『名人稅』，但總比無人關注要來得好。」

潮田的想法可以理解，想想古典音樂也是一種販賣人氣的職業，不管任何事，都需要更多人的關注吧。

即便如此，隆平依然不認為自己會是媒體熱烈追逐的目標。

「看你那張表情，好像還是無法接受？」

「對不起。」

「別道歉啦。唔，你不是那種會為了別人的評價忽喜忽憂的人嘛。啊，對了。在舞台上彈奏完全部的曲子，沐浴在掌聲的那瞬間，你是什麼感受？」

「就很開心啊。覺得大家很享受我的演奏。」

「這次的巡演，你可以連日沉浸在那樣的感受裡。若是全力以赴地演奏，會更感到情緒昂揚。」

潮田把臉靠過來，引誘似地說。

「完成全部的巡演時，你等於接受了總共數萬人的掌聲喝采。想到自己受到這麼多人的祝福，你對自我的評價也會不同吧。曲目全是莫札特，這是個問題，但巡演本身會讓你更加登峰造極。我如此期待。」

II

ancora amarevole

～更加痛苦地～

アンコーラ アマレーヴォレ

1

手指不是單純地往下按，而是將意念傳達至琴鍵。不是支配鋼琴，而是讓鋼琴與自己合而為一。這是隆平的演奏風格。

這台鋼琴固執得教人生氣。不管隆平再怎麼努力，它就是不肯聽話。明明使勁敲擊，發出的聲音卻疲軟委靡，相反地，應該是輕柔觸碰的黑鍵卻過度反應。

你到底是怎麼了？

不是要讓我把我的琴音傳達給大家嗎？

焦急的情緒愈來愈強烈，演奏卻亂成一團。跑音走調，節奏亂了套。

拜託，聽話啊！

然而隆平的祈求只是徒勞，彈奏出來的旋律在空中分解，節拍和音階都盛大地碎裂。

不協和音響徹隆平的耳朵。隆平有幾樣討厭的東西，像是納豆，還有臭魚乾，但其中不協和音可以說是他的天敵。

住手！住手！

這不是我的琴音！

隆平拚命試著修正，但愈是焦急，音符就愈是從隆平的指間潑灑出去。

終於，手指開始什麼都彈不到了。

救我！

隆平正要尖叫，意識掉進了不同的斷層。

原來是做夢？

隆平從床上坐起來，疲倦地垂下頭去。

隆平做的夢，是由聽覺、味覺、嗅覺及觸覺所構成。即使是站在舞台上的夢，他感覺到的也只有鋼琴的琴聲、歡呼，以及鍵盤的觸感而已，與現實的世界殊無二致，沒有光也沒有色彩。夢裡只會出現能夠體感到的現象。

夢與現實沒有差異，因此醒來之後，仍要好一陣子才能認識到這是現實。他問過由布花，由布花說健全者似乎能更清楚地區別夢與現實。這應該與視覺的有無相關吧。

他六年沒做過演奏失敗的夢了，上一次做這種夢，正是蕭邦鋼琴大賽決賽前一天晚上。確定晉級決賽時，當地報紙和大賽相關人員都讚揚他是天才，但隆平自己失去了自信，當時的不安讓他做了惡夢。

不安的原因不用說，是另一名日本參賽者。那個人當時二十七歲，從來沒有參加過國際比賽，因此成為橫空出世的黑馬，備受矚目。沒錯，就是聽了他的演奏，隆平才會陷入不安。

正式上場時，隆平甩掉了這些迷惘，漂亮地贏得了名次。也許是當時的成果，從此以後，他再也沒有夢見過演奏失控。

然而那個惡夢又回來了。

這會是什麼預兆嗎？隆平覺得不吉利，想要打消這個念頭，然而落入心底的不安卻怎麼也不肯消散。

「不出所料，那傢伙太可怕了。」

隆平和由布花用完午飯後，TOM走進客廳裡來。

「真快。」由布花說。

「我向每一個認識的人打聽過了。自從負責隆平的經紀事務以來，我一直在古典樂界安安穩穩，所以八卦消息都沒進來了。因為古典樂界和八卦雜誌沒什麼瓜葛。」

「這麼說來，女性週刊雜誌很少報導指揮家或演奏家呢。」

「不曉得是古典樂界的人都很潔身自愛，還是沒什麼能成為新聞材料的名人，幾乎沒看過什麼會被八卦節目炒作的醜聞對吧？相對地，偶像歌手和人氣男星，就有太多搞得經紀公司神經兮兮的問題。像《週刊春潮》的記者，幾乎是一天二十四小時、一年三百六十五天都在盯著大小明星，準備挖新聞。」

就算TOM的說法有些誇張，隆平仍發自真心認為一天二十四小時、一年三百六十五天都追著藝人的醜聞跑，一定非常辛苦。

「那個叫寺下的記者也是其中之一囉？」

「倒也不是。一般的演藝記者，是接到爆料或消息，再去跟監對象名人。如果醜聞是真的，就先寫成報導，由總編決定要不要刊出。刊出之前會向名人隸屬的經紀公司通知一聲，盡個最起碼的道義，然後雜誌上市。」

「咦，還有這樣的道義喔？」

「畢竟是往後還要打交道的對象，採訪的一方也不想跟經紀公司撕破臉。」

「與其說是道義，更像是沆瀣一氣呢。」

「噯，別這麼說。然後寺下博之好像算是滿優秀的記者，但一直到現在都是自由記者，沒有被任何一家錄取為正職。這是因為沒有哪個總編有自信能控制寺下。」

「真是拐彎抹角。他到底有什麼問題？我是知道他人品低劣啦。」

「寺下不只會追新聞而已，要是沒有新聞，他會自己捏造。」

「什麼跟什麼？」

「簡而言之就是假新聞。假設有個只是傳聞的外遇消息，寺下會製作出以假亂真的合成照片，向採訪對象恐嚇。」

怎麼可能？隆平心想。

「你們都一時覺得難以置信吧？但這是實際發生過的事。剛開始嶄露頭角的偶像團體中的一人在即將出道前，傳出以前做過援助交際的傳聞。其實這是無憑無據的假消息，但因為不久前才發生過另一名偶像團體的成員被揭露過去交往多名男子，最後改行做ＡＶ女優的風波。」

「啊，那件事我有印象。」

「寺下抓住這個機會，假造醜聞女主角和男性走出飯店的現場照片，向經紀公司要求交易。也就是老套的勒索，要對方花錢消災。平常的話，這種要求不會有人理會，但當時時機太糟了，經紀公司只能咬牙照著寺下開的價碼買下假照片。這種勾當，寺下似乎幹過好幾回。簡而言之，他就是個流氓無賴。能夠容忍這種無賴的，也只有演藝媒體界了。還有，寺下的假照片還曾經害死人。他弄了一則剛出道的女藝人曾經下海賣春的假新聞要賣給經紀公司，經紀公司拒絕買單，寺下就合成風俗店介紹小姐的照片，當成來源不明的證據照片在網路上散播。經紀公司連忙四處滅火，但結果那個女生在出道後也得不到曝光機會，完全紅不起來，幾天後自殺了。」

「真的有這麼荒唐的事嗎？」

由布花的語氣半信半疑。

「用假新聞向本人或經紀公司勒索？是不是合成假照片，本人一看不就知道了嗎？」

「就算是假消息，如果對方有心虛之處，會怎麼樣？」

「啊……」

「首先，根本不必在正經的紙媒上刊出。只要丟上網路散播，當天就會成為熱門新聞第一名。手腳快的人就贏了。」

「不能告他妨害名譽或公然侮辱嗎？」

「鬧上法庭，應該是會勝訴。但如果寺下根本沒錢賠償，不論判決結果如何，都只是紙上的大餅。然而被散播假消息的人，蒙受的損害無可估計。就算不惜打官司證明消息是假的，一度被潑上身的髒水是洗不掉的。名人和一般民眾對等較量，擁有更多的人，失去的也更多。走上法庭的時候，就已經確定輸了。考慮到打官司的勞心勞力及傷害，直接花錢買下假消息還省事多了。」

由布花沉默了。那是自己的母親，隆平可以輕易理解她是被不祥的想法剝奪了聲音。

「古典樂界的人知名度沒有偶像那麼高，也沒有新聞價值，所以一直以來都不受到關注。但隆平不一樣。要是假消息在網路上擴散開來，我們就只能防守，而且會被迫進入消耗戰。」

「可是說什麼隆平看不見是裝出來的，不會有樂迷相信這種事的。」

「一般來說是這樣。可是由布花女士，妳忘記了。那位雙耳全聾人士的詐騙曝光，是才短短兩年前的事而已。因為那件事，確實讓許多人相信古典樂界黑幕重重，而且身體有障礙的演奏家不再像過去那樣被神聖化，也是事實。」

「我無法相信會有人懷疑隆平。」

「但還是有一定數目的人相信天動說啊。這世上連顯而易見的謠言都會輕易聽信的人，數量真的多到令人傻眼。最好不要以為每個人都跟自己一樣水準。」

ＴＯＭ那有些自以為是的說法教人在意。

可能是因為隆平不知不覺間皺起眉頭了，ＴＯＭ的聲音立刻傳來：

「看來隆平好像不中意我的說法。」

「不，沒這回事。」

「你的想法還沒說出口，就先寫在臉上了。這是你的優點，但最好只在我們面前這樣。有時候正直會害了自己。」

「人真的那麼容易受騙嗎？我實在難以想像。」

「與其說是容易受騙，更應該說是想要被騙。」

ＴＯＭ曉諭地說。

「懶得思考。世上有不少人不擅長邏輯分明地深入思考。這種人會擁戴別人說的煞有介事的毫無根據的謠言說法。比起邏輯分明地深入分析，聽信謠言，一起起鬨更樂得輕鬆，也會讓人覺得在做對的事，心頭暢快。這完全不是諷刺喔，比起隆平，他們更加盲目。」

隆平忍不住沉思起來。

ＴＯＭ說自己具有新聞價值，但若是會引來寺下這種人，新聞價值豈不是成了負面要素嗎？

「總之，我絕對不會再讓寺下靠近隆平。隆平，你專心跟潮田老師練習。」

「我會的。」

說起來，隆平從一開始就不樂意接受訪談。比起與人交談，自己還是和鋼琴對話更要好多了。

「隆平沒必要去見那種骯髒的記者。」

由布花又插口補了一句。兒子都二十四歲了，卻還把他當小孩子看待，老實說隆平覺得很厭煩。

「那，我去練習了。」

隆平告知兩人後，從客廳前往獨棟的練習室。從主屋到獨棟，以走廊直線相連。位置和距離他的身體都很熟悉了，一個人也能輕鬆前往。

這裡原本是庭院，但隨著隆平的演奏水準提升，從直立式鋼琴換成平台鋼琴，最後終於新蓋了一間練習室。

牆壁、地板和天花板都鋪上隔音材，因此深夜彈奏也不會影響到鄰居，對外開口只有門、採光窗和換氣口而已。而且窗戶是嵌死的雙層隔音窗。唯一一道門可以從裡面上鎖，但是會進來的人有限，因此不會特別上鎖。

進入房間關上門，這裡就成了只有鋼琴和隆平的世界。沒有人打擾，也沒有任何雜物。環境音與生活音都被隔絕在外，也聽不見別人的呼吸聲和腳步聲。室內的空調是大功率機型，隨時設定在靜音模式。

除了隔音材以外，四面八方還鋪設了調音板，因此殘響十分豐富。他試著彈出一個音，聲音縈迴了五秒左右。來自牆壁和天花板的迴音也能清楚聽見，因此房間的大小和高度，隆平都瞭若指掌。

練習室是隆平的聖域。除了由布花和潮田偶爾會來以外，就只有自己和鋼琴。得到這個房間和鋼琴的那一天，隆平到現在都還記憶猶新。他沉浸在彷彿重返母胎般的安心與全能感，感受到無比的幸福。

剛才聽到的事不祥到了極點。沒有《荒山之夜》那種音樂的情趣，只帶來了純粹生理性的嫌惡。就彷彿黏答答的穢物黏在脖子上一樣，不舒服極了。

他覺得需要轉換一下心情。需要輕快、明亮的曲子。

隆平將世俗和可厭的算計趕到一旁，手指輕輕放到琴鍵上。

莫札特第二十一號鋼琴協奏曲，K.467。

第二十一號與第二十號並列莫札特鼎盛時期的傑作之一。據說是為了四旬節的預約演奏會而作曲，但是在正式上場前一刻才完成。很像是工作量龐大的莫札特會做的事，然而完成的曲子，絲毫感覺不出這樣的倉促。

其中最有名的應該是第二樂章。行板，F大調。也為了甩開不愉快，隆平從這個樂章開始彈起。

沒必要準備其他樂器。小提琴等樂器，他都依照不同的管弦樂團分類，收藏在腦中的記憶檔案裡。

巡演開始後，他將與各地區的管弦樂團協奏，因此現在就讓自己喜愛的愛樂管弦樂團來協奏吧！

首先小提琴溫柔地唱起主題，是每個人都至少聽過一次的那段旋律。好像也經常運用在電影當中，可惜隆平沒有看過。

聆聽著浮盪般的旋律，感覺肉體軟融融地逐漸溶化了。音符和緩地舞蹈著。

小提琴的旋律慢慢地往上爬，隆平的情緒也隨之昂揚起來。

怎麼有辦法想出這樣的主題呢？

自己也嘗試作曲的隆平對莫札特感覺到難說是憧憬還是嫉妒的感情。旋律完美無缺，只要一個音偏掉，就會搞砸一切。他甚至懷疑這是上帝作的曲子，莫札特只是以自動書寫的方式把它寫下來而已。

下一瞬間，隆平的指頭沉入鍵盤。接下來是由鋼琴獨奏進行的主題反覆。有些遲疑地，但每一個音都牢牢抓緊。在後方彈奏的三連音符確實地支撐著曲子的世界觀。

不管演奏多少次，每一次都讓他陷入恍惚。明明是自己在獨奏，旋律卻宛如從上方籠罩下來。

從天而降的音樂。

上帝創作的旋律。

敲擊鍵盤的感覺也漸漸淡薄，長笛、法國號及弦樂五部靜靜地依偎到琴聲身旁。轉調之後，弦律暫時止步，窺望周圍似地，又緩慢地舞蹈起來。

進入發展部，旋律轉為小調，散發出哀愁的色彩。隨著溫柔的轉調，三連音符暫時中斷。

隆平深為喜愛這段樂句。明朗與哀愁、大調與小調、黑與白共存。知名的音樂評論家描述這個部分十分「異樣」。儘管是大調，卻顯得哀傷，是莫札特獨特的世界。兩種相反的要素交纏在一起，創造出唯有透過音樂才能表現的情感。

不是單純的喜悅，也非單純的哀傷。就宛如看不見的隆平，因為視覺被剝奪而獲得了常人無從冀望的悅樂一般。

上帝沒有給他光芒，但給了他豐饒的聲音。對常人來說單純的一個音，聽在隆平的耳裡，卻是帶有泛音的多層結構的音。聽起來就像具有明確意志的音素的積累。即使失去，也能得到別的什麼。一切事物都不是只有一面，而是有兩面甚至是四面。

過了中間部，旋律依然輕快卻帶著哀傷。同時雖然時斷時續，但絕對不會完全停止，由偶爾以撥奏奏出的上升分散和弦的脈動持續支撐著。主題緩慢地旋繞，又被帶回起始點。樂節的裝飾樂段轉弱，旋律平靜下來。

具有多面性的這段徐緩樂章不像第一樂章或第三樂章那樣，使用定音鼓或小號，強弱記號也幾乎沒有出現代表「強」的 f 符號。因此旋律持續帶著陰霾，近似畏懼的憂愁甚至支配了結尾。

進入再現部後，主題回歸，隆平的手指也漸漸加速。歡喜與哀傷彼此交織，朝最終節開始衝刺。

隆平的心離開了肉體，依偎著旋律。還無法融為一體。不斷地練習、反覆試錯摸索當中，有時短短的數分鐘之間，會陷入自我意識消融、自身與旋律融合為一的感覺，但現在還不是那種時候。

不久後，音量下降，進入短暫的結尾。隆平重複帶著哀傷的主題，靜靜地、細語呢喃地編織出旋律。莫札特最浪漫的部分，就結約在這微小的琴音裡。他付出細心的注意，全副神經集中在指尖。

降低音量，彈出最後一個音。

隆平靜靜地從鍵盤放開手指，短暫地嘆了一口氣。

雖然是短短七分多鐘的演奏，但舒適的疲勞感讓方才的憂鬱煙消霧散了。對自己來說，果然音樂就是糧食，是精神安定劑，也是滋養劑。

然而隆平的安寧持續不到兩天。

巡演就在明天的十一月二日，隆平、由布花以及潮田三個人，前往第一天的會場東京文化會館。

東京文化會館是隆平也很喜歡的表演廳。它在一九六一年興建，相當古老，但前年才剛翻修過，因此也可以說是最新穎的一座會場。它是一座圓型劇場，大表演廳的座位數有二三〇三席，小表演廳有六四九席。做為古典音樂專用表演廳也相當有名，聽說在東京，三得利音樂廳完成以前，東京文化會館一直是日本古典音樂界的聖地。隆平比較喜歡聲音更豐富的小表演廳，但ＴＯＭ不留情面地說：「巡演第一天用小表演廳的話，就太不像話了。」

也因為東京文化會館就是他們的主場，第一天的協奏夥伴是東京都交響樂團。今天是來正式排演，順便勘察舞台和試裝。

蕭邦鋼琴大賽之後，像這樣和職業交響樂團共演的機會一下子多了起來。由布花十分驕傲，說既然隆平的琴藝受到全世界肯定，這也是順理成章的發展，但隆平自己卻感到畏縮。因為職業交響樂團會如何看待雙眼失明的自己，他仍有所不安。但以結果來說，這只是杞人憂天。就和蕭邦鋼琴大賽那時候一樣，證明了隆平看不見這件事，對日本的交響樂團不會造成任何影響。

試裝之前，一進入表演廳，便聽見調律的聲音。

隆平也非常喜歡調律時的聲音。調律是讓音程與平衡都失準的頑固鋼琴恢復正常的工作。在這種演奏會，有時是表演廳或主辦人安排調律師，也有演奏家指定的情況，但這次是潮田直接委託人選。

光是聽到調律時的聲音，就能聽出調律師技術一流。

「今天也請多指教，榊場先生。」

出聲招呼的是指揮家矢崎由香里。女指揮家仍十分少見，而她正是眾所期盼的新銳之星，兩人一起練習過幾次，和隆平也很合拍。

指揮家有各種類型，其中也有一些人討厭練習。這類指揮家只挑重點練習，就像試吃一樣，但矢崎由香里會整首曲子從頭排練到尾，因此可以信任。

調律似乎結束了。接下來只要試裝，參加正式排演，但隆平聽見了觀眾席傳來的聲音。正式排演很少公開，彩排時觀眾席傳來聲音也很常見，但內容引起了他的注意。

「可是那是真的嗎？」

「要是真的，就太讓人幻滅了。虧我花大錢買了門票呢。」

「這是榊場第一次舉辦大型巡演對吧？」

「可是如果他看不見是假的，再怎麼樣，也會在巡演途中曝光吧。」

聽到這些話，隆平發問：

「矢崎女士，觀眾席的人在說什麼？」

「你聽到什麼嗎？」

「她們說『如果他看不見是假的，再怎麼樣，也會在巡演途中曝光』」

矢崎由香里的回應晚了一拍。

「……我沒聽見，但你聽到了呢。」

「矢崎女士！」

由布花驚慌地打岔。

「不用跟他說吧……」

「就算我不說，榊場先生遲早還是會聽到的。那樣的話，就算隱瞞也沒什麼意義吧？」

由布花陷入沉默，一定是因為她認為矢崎由香里的話是對的。

「昨晚突然有好幾個網站傳出關於榊場先生的流言。因為都不是什麼正經的新聞網站，真的就只是謠言，或者說誹謗中傷。」

隆平立刻想起寺下的名字和他黏稠的聲音。

「媽，妳知道這件事？」

「我不想在正式上場前影響你的心情。」

「潮田老師知道嗎？」

「我昨天晚上很早就睡了，現在才知道。」

「媽，告訴我網路上是怎麼說的。」

隆平從氛圍感覺得出由布花在猶豫。

「隆平，你無論如何都想知道的話，我會告訴你，可是至少等到正式排演結束後比較好吧。」

隆平等於是被懇求的由布花說服，直到中午過後，才聽說了正在網路上散播的傳聞。

文章內容是這樣的：

『即將舉行「全國莫札特巡迴演出」的盲眼鋼琴家榊場隆平驚傳冒充盲人嫌疑。有人懷疑他其實身無殘疾，眼睛看不見只是一種「角色設定」。眾所皆知，榊場隆平在二〇一〇年的蕭邦鋼琴大賽成功獲獎，一躍成名，但無庸置疑，他會如此受到歡迎，原因之一，是因為他雙眼失明。

『但倘若為他博得人氣的主因就如同傳聞所說，只是一種「角色設定」，在倫理上說得過去嗎？明明看得見，也可以堅稱看不見，而且視障人士的行走方式，稍加練習就能夠學會。眼球白濁的顏色，也可以靠彩色隱形眼鏡來偽裝。最重要的是，演奏技巧如此精湛的鋼琴家，卻連樂譜都不會看，這實在匪夷所思。

『在音樂業界，謊報經歷和捉刀作曲層出不窮，因此可能也有人認為這點程度的謊報，只是一種宣傳，但是拿身體障礙做為廣告宣傳的手段，簡直毫無道德可言。對於這個嫌疑，榊場隆平本人會如何回應？』

內容是潮田讀給隆平聽的。隆平相信即使是母親由布花不願說出來的內容，潮田也願意毫不隱諱地全部告訴他。

「一如既往，是毫無根據的臆測。看這些文字，很有可能是那個叫寺下的記者貼上網的。」

潮田的口氣像在刻意壓抑憤怒。

「這類文章底下都會有人留言吧？留言說什麼？」

「留言都是匿名的。會匿名留言的，幾乎都是經濟或精神匱乏的人的酸言酸語。簡而言之，就是惡意的嘔吐物，不是你該看的東西。」

潮田這麼說，結束了這個話題。

隆平放棄聆聽後續，把手伸向鍵盤，然而陰鬱的情緒卻緊緊地纏繞在胸口上。

2

十一月三日，巡迴演奏會第一天。

ＴＯＭ山崎忙著和舞台監督藤並開會。

舞台監督是整個表演廳的總負責人，負責後台休息室管理、櫃台安排、舞台上的指示、演奏者事務、時間控管、燈光指示等各種事務。不光是表演廳的管理而已，從活動的營運能力，到表演者的健康狀況、樂器和演奏者的位置變化而導致的音響變化等問題都得處理，需要敏銳的聽力和廣泛的音樂知識及見地。

「座無虛席呢。」

藤並難掩興奮的樣子。

「除非是從外國邀來的表演者，大表演廳的古典音樂演奏會難得客滿，這證明了榊場隆平是一流的。」

「謝謝。」

即使有客套成分在裡面，聽到隆平被稱讚，TOM仍感到與有榮焉。

「榊場先生的狀況怎麼樣？」

「完全沒問題。」

「既然TOM先生這麼說，那就是沒問題吧。抱歉。」

聽到那婉轉的說法，TOM心裡有底了：

「監督已經知道昨晚網路上在吵的事了嗎？」

「我想查一下巡迴演奏會開演前的評價，用『榊場隆平』查了一下，馬上就看到了。噯，就算是誹謗中傷，那也太過分了。其實在聽到您的話之前，我一直很擔心那則文章會不會影響他的心情。」

「謝謝監督的關心。」

「他的才華，不該被那種中傷毀掉。」

藤並目不轉睛地看著TOM的眼睛。藤並難得有這樣的反應，因此TOM頗為驚訝。

「榊場隆平是往後要牽引日本古典音樂界的音樂家，請好好栽培他。」

從藤並的表情，TOM看出他的話並非客套。藤並當然也會說客套話，但不是會說些言不由衷的奉承的人。

「雖然責任重大，但做為一名經紀人，遇到榊場這樣的客戶，我真是太幸運了。」

「我祈禱巡迴演奏會順利成功。」

TOM和藤並道別後，前往後台。步伐變得快速，不是因為他急著趕過去。而是對誹謗中傷的氣憤與對藤並的感謝揉雜在一起，讓他心潮澎湃。

沒錯，藤並先生。

榊場隆平擁有改變這個國家的古典音樂的可能性。第一次聽到他的鋼琴演奏時，TOM就如此直覺。所以他甚至拋開當時負責的偶像經紀事務，毛遂自薦。

身為錄音室樂手，他累積了不少資歷，但長年從事同一份工作，他也漸漸看出自己的才華殘量和盡頭了。身處舉目皆是才華超越自己的音樂家的世界，感受更是深刻。至少趁著過去的實績尚未褪色前，轉換跑道吧！他懷著這樣的企圖，投入經紀業，新的工作卻讓他失意連連。

在偶像身上追求音樂性，就像期待蛞蝓在天上飛，因此他從一開始就只專注在經營人氣。但偶像有賞味期限和色衰愛弛的問題。熱度一過，偶像便一個個從舞台上退出，這時ＴＯＭ才總算認清自己是在渴求絕對的才華。他一直在冀望邂逅超越自己的才華、翻轉音樂世界的才華。

就在這時候，他遇到了隆平的鋼琴。聽到隆平的演奏，他遭受到五雷轟頂般的衝擊。

終於找到了。

就是它。

自己會成為經紀人，就是為了讓隆平稀有的才華更進一步飛躍。

愈是接觸隆平的琴藝，就愈看不見他的才華底線。只要是從事音樂的人，每個人都再清楚不過，這世上的人涇渭分明，有些人受到音樂之神繆思的祝福，其他人則不是。榊場隆平顯然是受到祝福的人之一。

ＴＯＭ覺得受到上帝祝福的才華被託付到自己的手中了。

不能讓榊場隆平的才華被毀掉。

不能讓他被玷污。

在內心不知道第幾次滾滾翻騰的衝動驅使下，ＴＯＭ前往休息室。

不出所料，休息室的門沒有鎖。ＴＯＭ暗自咂了一下舌頭。任何表演廳都有休息室小偷出沒，因此慣例上進出休息室時都一定會上鎖。ＴＯＭ擔任流行偶像歌手的經紀人時，嚴謹的維安與徹底的身分認證管理是天經地義的事。然而古典音樂的公演連個維安的維字都不見蹤影，就像廁所一樣，任何人都可以自由進出，教人目瞪口呆。

但考慮到前晚的網路貼文，隆平有遭到實質傷害的危險。也可能有惡質的媒體人員闖進來。巡演期間，應該需要相當於流行偶像歌手的維安水準。

儘管ＴＯＭ如此擔心，隆平、由布花和潮田的神情與其說是緊張，更是興奮。

啊，我都忘了——ＴＯＭ唐突地理解了。

他們本來就是古典音樂界的人，早就習慣毫不設防了。他們完全想像不到網路的惡意，火苗會燒到現實世界來。

「由布花女士、潮田老師，這樣太不小心了，請記得鎖門啊。」

ＴＯＭ裝出平靜的樣子說，但三人似乎完全沒有察覺哪裡不對。不管怎麼樣，再幾十分鐘就要正式上場了。不要在這時候讓他們無畏地驚慌，才是上策吧。

「隆平，Are you ready ？」

「沒問題。」

「那，來做一下那個吧！」

四人圍成圈，依ＴＯＭ、潮田、由布花的順序把手疊在一起。最後隆平把手放上去，同聲高呼：

「Forte ！」

下午五點五十分，開演前十分鐘。ＴＯＭ和潮田都坐在觀眾席。待在舞台側旁的只有由布花一個人。

只有在觀眾席，才能掌握聽眾聽到的是怎樣的音樂。演奏技術方面，ＴＯＭ完全交給潮田，但自己身為經紀人，也必須確認隆平的表演成果才行。

『感謝各位今日蒞臨東京文化會館。「榊場隆平莫札特巡迴演奏會」東京公演即將開演。大廳的觀眾請盡速就座。觀眾席嚴禁拍照、錄音及錄影。手機、平板等電子儀器設備請切換成靜音模式並關機。此外，若佩戴具有鬧鈴功能的電子錶，請解除鬧鈴設定。若您使用助聽器，請再次確認是否正確佩戴。此外，本表演廳為耐震結構，遇到緊急狀況時，請留在原位，等候工作人員指示。』

緊急狀況嗎？

地震、火災、某國射飛彈過來。總之什麼事都別發生啊！至少就這兩個小時，讓隆平盡情彈琴吧！

場內廣播一結束，交響樂團成員便陸續從舞台右側現身，各自開始調音。

很快地，開幕鈴聲響起，照明慢慢地轉暗。舞台右側，在指揮家矢崎由香里引導下，隆平現身了。

隆平看起來極為不安。如果沒有矢崎由香里的輔助，看起來就要在舞台上迷失了。

ＴＯＭ和潮田被掌聲所籠罩。是純粹歡迎與期待的掌聲，這讓ＴＯＭ放下心來。

隆平在鋼琴前就座。指揮台的矢崎沒有回頭看隆平，直接高高舉起指揮棒。

莫札特第二十號鋼琴協奏曲，K.466，第一樂章。快板，D小調四分之四拍，協奏風奏鳴曲形式。長笛、雙簧管2、低音管2、法國號2、小號2、弦樂五部，以及獨奏鋼琴。

首先大提琴與低音提琴的上升音型，與小提琴、中提琴的八分音符及四分音符的切分音，低聲吟奏出第一主題。令人聯想到冬季送葬隊伍的陰鬱，冷不防一把抓住了TOM的心。

當時的鋼琴協奏曲，主流是華麗而交際的風格，在這當中，莫札特的第二十號只能說是充滿了惡魔的調性，極為特異。

二十號是為了預約演奏會而作曲。所謂預約演奏會，是以貴族及上流階級為對象的演奏會，也是音樂家賴以維生的重要收入來源。當然，發表的曲子也都迎合流行，然而莫札特卻刻意披露了沉鬱的曲子。

但反流行的第二十號，似乎不期然地促成了莫札特的轉機。因為這證明了過去不斷地創作天上音樂的「神童」，原來也是個會迷惑、苦惱的「人」。同時有許多人因為這首小調的曲子而迷上了莫札特。事實上，十八世紀後半，莫札特古典派的鋼琴協奏曲幾乎沒有被演奏，唯獨這首第二十號是例外，有不少浪漫派的音樂家深愛這首充滿激越情感的協奏曲。貝多芬也是其中之一。

陰鬱的第一主題在第十六小節進入激烈的合奏。就宛如惡魔降臨在送葬隊伍前。定音鼓強而有力的聲音逼近而來。長笛呼應雙簧管和低音管的重奏，宛如被追趕的迫切感席捲了聽眾。六小節的弦樂曲調以完美的對位法寫成，ＴＯＭ再次為了作曲者的精巧而咋舌。

終於進入隆平的鋼琴獨奏。瀰漫著悲哀而內省的旋律一響起，ＴＯＭ便放棄分析曲子了。儘管沒有伴奏，隆平的鋼琴獨奏卻讓曲子變得更為陰鬱。不安的旋律激發起聽者內心的不安。即使是純熟的鋼琴家，也難以彈奏出如此陰暗的情感。

如此精純的鋼琴風格，隆平究竟是在哪裡學到的？ＴＯＭ長年浸淫在形形色色的音樂家音樂，知道音樂與演奏者的年齡密切相關。但隆平才二十四歲而已。

當然，他從本人和由布花那裡聽說過隆平的鋼琴天分是天生的，所以知道隆平是怎麼彈琴的。直接將知名鋼琴家的演奏寫入大腦的硬碟裡，這種難以置信的事，現在他也能夠信服。但即使如此，這還是無法完全解釋隆平的才華。若只是正確重現被記錄下來的知名演奏，只需要頂級音響就夠了，但隆平卻更進一步脫胎換骨，把它們變成自己的曲子。

ＴＯＭ再次體認到，隆平果然是個天才。任何曲子他都能加以咀嚼，轉化為榊場隆平的曲子彈奏出來。這是音樂之神只賜給隆平一個人的能力。

獨奏鋼琴開始低切地道出絕望。這個部分是F大調的第二主題。管弦樂從鋼琴獨奏承接旋律，以更深沉的悲哀吞沒了聽眾。

鋼琴曲調一轉，刻畫出輕快的節奏。但由於方才陰鬱的旋律，這份輕快反而更加突顯了悲劇性。不只是單純地頹喪，而是掙扎著試圖奮起，卻又再次消沉、再度掙扎，如此反覆，由此更增添了悲愴感。

隆平的鋼琴再次轉調，舒暢地高歌起來。即使是弱音，也能傳遍表演廳的每一個角落，隆平說他是在六年前學到這個技巧的。說到六年前，就是他出場蕭邦鋼琴大賽的那一年。隆平雖然沒有多加談論，但果然是從彼此切磋較勁的決賽者身上學到了不少吧。

舞台上的鋼琴獨奏擁有壓倒性的支配力。ＴＯＭ切膚地感受到，聽眾的眼睛和耳朵全都集中在隆平的鋼琴上。坐在一旁的潮田也緊盯著隆平的表演不放。儘管彈奏著輕快的旋律，不祥之感卻如影隨形，這微妙的指法，是單純按壓琴鍵絕對不可能辦到的技巧。這種抵抗悲劇命運的輕快，即使是全盛時期的ＴＯＭ，應該也難以表現出來。

忽地，TOM想起了錄音室樂手時代。他的資歷與隨和的個性讓他到處吃得開，但演奏技巧卻已經到了頭。技巧普通，就只有普通的音樂家會找他合作。TOM之所以會轉行改做經紀人，也是因為認清自己的才華已經到了極限。

才華是很殘酷的。

才華與出身、環境、努力、年齡都無關。不管再怎麼認真練習、累積多少經驗，在才華面前，一切都相形失色。音樂家生涯的後半段，TOM每一天都在確認這件事。

所以他才會如此迷戀隆平。那完全足以彌補視力障礙缺陷的才華讓他難以逼視。自己一定是被才華這盞明燈所引誘的飛蛾。像這樣聆聽隆平的鋼琴，他感到自豪：我的選擇沒有錯。如果自己沒有才華，就全力奉獻，讓挖掘到的才華開花結果就行了。從這個意義來說，榊場隆平這個天才是絕佳的奉獻對象。

TOM對隆平說明，「榊場隆平　莫札特巡迴演奏會」這個企畫，是利用莫札特的名聲，來提高隆平的知名度，但其實還有另一個目的，就是即使必須讓隆平勉強自己，TOM也想要讓他更上一層樓。一整年泡在莫札特裡面，風險不可謂不小。這若是普通的鋼琴家，有可能在巡演途中維持不了水準，但這對隆平來說，剛好是一個試金石。

舞台上的鋼琴稍微轉為活潑，讓人感受到在橫溢的陰鬱中尋求救贖的孤獨。鋼琴又獨自歌唱起來。就和前面一樣，聽似輕快，卻又有著無法擺脫的不安。向上爬升，又陷入遲疑，一面高歌，卻又迷惘。鋼琴所提示的第一主題與弦樂彼此交織，進入發展部。尋求救贖，聽起來卻像在走向絕望。

莫札特從「神童」淪為「凡人」的瞬間，第一個感受到的情感是恐懼、悲傷與絕望。如此一想，這第二十號再切合隆平不過了。

隆平從一出生就一直活在黑暗當中。那是擁有健全肉體的人所無法想像的恐懼、悲傷與絕望。這不就是第二十號的主題嗎？

鋼琴迷惘著，持續徬徨。感覺隆平正在為莫札特道出他的苦惱。所有的聽眾都凝身不動，被隆平彈奏出來的琴音牢牢地綁住。

如果說莫札特是天才，那麼隆平也是另一種形式的天才。他擁有無人能夠模仿、將庸俗的努力和熱忱徹底粉碎的壓倒性惡魔才華。那是除了天選之人以外，再怎麼渴望都絕對得不到的天賦。

主題變奏，鋼琴刻畫出尖銳的琴音。交響樂團貼近無盡孤獨的鋼琴。

痛切的小調也切割著聽眾的心胸。曲子反覆上下，前往再現部。

舞台上的隆平配合旋律，開始搖頭晃腦。練習時很少看到，但是在正式登台彈得盡興時，他有時會出現這樣的動作。是沉浸在演奏裡，陶醉在音樂時心醉神迷的表情。

TOM想起這麼說來，史提夫．汪達也會做出這樣的動作。

第一次看到的時候，TOM一樣聯想到盲眼歌手史提夫．汪達。受到音樂之神祝福的人，每個人都能經歷到這樣的喜悅嗎？

進入再現部後，雙簧管、低音管和長笛維持F大調，第二主題轉調至D小調。隆平的琴音一下子變得激烈。先前愛撫著琴鍵的手指搖身一變，展露激情。從TOM坐的位置看去，隆平的運指已經快到無法分辨了。

音量暫時下落，消失。

瞬間的沉默。

然而這卻是比任何聲音都要雄辯的沉默。

儘管沉默無聲，TOM卻覺得彷彿要被絕望壓垮了。對寂靜如此恐懼，是難得的經驗吧。當然，這是前面受到激烈的小調擺布帶來的效果，也是隆平的琴藝所致。

下一秒，鋼琴打破沉默奔馳起來。是朝向結尾的助跑。

開始爬升的鋼琴時而斷續，但漸漸加快速度。在最後的裝飾樂段，反覆的上下益發加強了絕望的程度。

這時交響樂團唱起主題，ＴＯＭ切膚感受到聽眾的緊張。開演前懷抱的不安消失得無影無蹤，他感受到的只有通往終點的興奮與緊張。

宛如步向死亡一般，節奏放緩，接著鋼琴奏出最後一個音。

隆平的臉朝向斜上方，似乎正體味著餘韻。

沉重的寂靜籠罩全場。

原本來說，這是聽眾放鬆緊張，在接下來的第二樂章前輕鬆一下的時間。

然而ＴＯＭ卻聽到了難以置信的噪音。

「你根本看得見吧！」

格格不入的奚落聲震驚了會場。

叫罵的是誰？

眼睛已經習慣陰暗了。ＴＯＭ聽力本來就很好，所以也聽出聲音的來源位置了。是一樓座位靠近中央，離ＴＯＭ和潮田的座位不遠。

在那裡。

一定是寺下博之。寺下居然還不罷休，繼續鬧場：

「樂譜一定也藏在哪裡吧！」

旁邊的潮田就要起身。不能讓血氣方剛的潮田出面。定睛一看，舞台監督藤並正快步走向寺下的座位。

「潮田老師留在這裡，拜託。」

ＴＯＭ搶先站了起來，潮田等於是被先發制人，勉為其難地坐了回去。

ＴＯＭ和藤並幾乎同時抵達了寺下的座位。

「剛才出聲的是先生嗎？」

寺下還沒回答藤並的問題，ＴＯＭ就插口說：

「不用問，我看到就是他。」

藤並蹙眉問寺下隔壁座位的女聽眾：

「是嗎？」

「對，他叫得很大聲。吵到我們聽表演。」

「很抱歉，我們必須請您離場。」

「我花錢買票進來的，這太霸道了。」

「不好意思，您好像誤會這是可以出聲喊叫的演唱會。您給其他聽眾造成麻煩了。」

寺下想要反駁，藤並又說：

「而且也妨礙了演奏。」

見寺下變了臉色，ＴＯＭ開口了：

「有什麼意見，出去跟我說吧。」

瞬間，ＴＯＭ和藤並對望了。雖然立場不同，但是在保護榊場隆平這個鋼琴天才方面，兩人利害一致。ＴＯＭ的意思不必說出口，藤並也感受得到。

「謝謝。請跟我們一起離開會場吧。」

寺下被前後包夾，走出會場。藤並會一起陪同，是在提防寺下抓狂鬧事吧。

走出表演廳後，寺下狂傲地扭曲表情說：

「我又不是三歲小孩，帶到這裡就行了。」

「這要是小孩，喊叫的內容還更有禮貌一點。」

雖然不是故意抬槓，但ＴＯＭ忍不住要反應。

「那麼我先回去了。如果有什麼狀況，請叫警衛支援。」

藤並把寺下交給ＴＯＭ，匆匆離去了。

「你到底有什麼目的？」

「也沒什麼目的，就採訪的後續啊。既然採訪對象不肯見我，只好我親自跑一趟本人會出現的地方囉。」

「你這樣太惡質了。」

「我本來就不是什麼乖寶寶。」

寺下絲毫沒有退縮或反省的樣子，一副滿不在乎的痞樣。

「你出去吧！」

「今天我就暫時休兵好了。」

「什麼？」

「雖然不是每一場，但接下來的公演，我也買了幾場的票。」

寺下從口袋掏出幾張門票甩了甩。

「當然，如果榊場先生願意給我正式採訪的機會，我也不必花這麼多工夫了。」

寺下面帶冷笑，前往出口，但臨走前還不忘撂話：

「或者也可以選擇買下我預定要寫的報導喔。」

「你這是在恐嚇？」

「我會說是交易。」

寺下從視野中消失後，感覺他的黏性仍殘留在周圍。ＴＯＭ有股衝動，想要立刻把碰過他的手消毒。

寺下根本是披著人皮的劇毒。

他絕對會成為榊場隆平的禍害。

非得想想法子才行。

＊

在舞台旁邊觀看的由布花，拚命克制想要跑到隆平旁邊的衝動。

第二十號第一樂章結束時傳出的鬧場聲，毫無疑問，是那個叫寺下的記者發出的。

居然做出這種事！

然後如同由布花擔心的，隆平的步調被打亂了。接下來的第二樂章、第三樂章不用說，第二十一號和第二十三號也無法發揮實力。明顯彈錯鍵，節奏也失準了。

隆平雖然擁有絕對音感這種罕見的樂曲記憶能力，卻也有幾個弱點。其中之一就是心理素質很脆弱。一部分也是因為他才二十四歲，但生長在無光世界的隆平本來就有許多恐懼的對象，自然而然就變得神經質了。彈琴的時候也是，若是途中遭到妨礙，就會陷入恐慌，恢復不過來。就如同現在舞台上的狀況。

第二十三號演奏完畢時，會場響起了掌聲，但不到掌聲如雷。至少不是期待安可曲的掌聲。聽眾也聽得出來，演奏者本身對表演成果並不滿意。

隆平在矢崎由香里陪同下回來了。由布花立刻想要跑過去，但隆平表現出拒絕的意志。

「我要休息一下。」

隆平顯然很消沉，由布花已經知道，這種時候不要打擾他比較好。由布花讓隆平抓住她的外套衣襬，領他前往休息室。背後感覺到矢崎由香里的視線。也許是自我意識過剩，但總覺得矢崎是在憐憫。

「這樣不行……」

一進入休息室，隆平便自言自語地喃喃說。

「這副德行，我沒臉面對楊、曾還有艾蓮他們。」

隆平提到的名字，是在蕭邦鋼琴大賽的決賽一決高下的參賽者們。隆平雖然有些怕生，但透過比賽，建立起從未有過的友誼，是意外之喜。

「最對不起的就是他。人家就有那麼過人的勇氣。我真是太丟臉了。」

隆平一坐到椅子上，便整個人垂頭喪氣，彷彿在要求獨處。由布花說她會在外面，靜靜地關上了門。

只要守在休息室前面，TOM和潮田很快就會趕來吧。

由布花和丈夫原想趁兩人健在的時候，讓隆平培養出自立的精神，丈夫卻遇到交通事故，成了不歸人。喪夫之痛和落在自己一人肩上的育兒重擔差點要把她壓垮時，上帝終於對她微笑了。她想給隆平一些會發出聲音的玩具，買了迷你鋼琴給他，結果隆平展現了他一小部分的才華。

讓隆平在客廳玩耍的時候，為了不讓他覺得寂寞，由布花都一定會開著電視。某天她背對隆平在廚房忙碌，廣告歌曲播完沒多久，就聽見迷你鋼琴傳出相同的旋律。

由布花吃了一驚回頭，發現隆平以前所未見的開心模樣敲打著琴鍵，而且還正確地重現了電視剛才播放的旋律。

由布花覺得好像看到了魔術，結果隆平又聽到新的旋律，幾秒後便彈出了完全相同的曲調。

由布花知道隆平原本就對聲音很敏感，但迷你鋼琴的事，讓這個事實更加不動如山。上帝奪走了隆平的視覺，但給了他別人不管怎麼渴望都得不到的能力。由布花曾經詛咒上帝，現在卻從來不曾如此感激祂。

自從那天開始，音樂就成了隆平的語言，是對世界敞開的窗戶，也是武器。由布花想要把隆平養育成即使沒有她，也能一個人活下去，現在這個願望以意想不到的形式，極有可能實現。

她打聽口碑，尋找優秀的鋼琴教師，請他們教導隆平鋼琴。從娘家繼承的資產，還有丈夫留下的遺產，也全都花在隆平的鋼琴課上。隆平就像一塊海綿，一眨眼就吸收了鋼琴教師傳授的知識與技術，因此大部分的鋼琴教師短短幾年就沒有東西可以教了，必須再尋找下一個指導者。

天才這個詞不該濫用，但由布花體認到這孩子完全配得上這個稱呼。雖然是自己懷胎十月生下的孩子，但她覺得隆平是上帝派來的孩子。

不能讓榊場隆平的才華被毀掉。

不能讓他被玷污。

隆平的鋼琴是人類的至寶，同時也是他唯一的武器。

然而那個叫寺下的傢伙卻侮辱了隆平，毀了他的表演。不光是妨礙演奏會，還想要踐踏隆平的才華。

ＴＯＭ說，寺下的流氓行徑似乎相當出名，但他的卑鄙下流，實在不是那麼膚淺的詞彙能夠形容的。

寺下根本是披著人皮的劇毒。

他絕對會成為榊場隆平的禍害。

非得想想法子才行。

＊

雖然勉強撐到了最後樂章，但表現遠遠稱不上完美，這讓潮田咬牙切齒。

觀眾席也瀰漫著失望的氣氛。他們的確聽到了值回票價的演奏，但他們期待聽到的榊場隆平的鋼琴表演，應該不只這樣而已。

安可的掌聲也很潦草，沒有太多人熱切期望隆平再度登台。

潮田感到坐立難安。完全就是如坐針氈。第二十號的第一樂章精彩絕倫，完美地演繹出莫札特陰暗的熱情，聽著聽著，讓人都起了雞皮疙瘩。他甚至預感隆平若是能以這樣的狀態彈完全曲，一定能目擊到他新的里程碑。

然而那句話卻摧毀了這一切。

居然在古典音樂的演奏會途中出聲喊叫，到底是哪來的野蠻人？潮田長年參加古典音樂演奏會，從來沒遇到過那麼流氓的聽眾。不，那種人不配稱為聽眾。

隆平形式上回應了聽眾的掌聲，在指揮家矢崎由香里牽引下退場。就和登台時一樣，一副若是丟下他一個人，會在舞台上迷路的不安模樣。

潮田離席，前往休息室。他不知道自己能為應該正黯然神傷的隆平做什麼，但他想要陪著他。演奏被糟蹋的鋼琴家是什麼感受，他完全理解。

潮田也曾經立志成為鋼琴家，舉辦演奏會。他在音大讀到研究所，也參賽過好幾次。但即使勉強獲得名次，也怎麼都拿不到冠軍。就在這當中，年歲徒長，不知不覺間已經年過三十了。說來很沒道理，但是在才華就是一切的這個世界，竟對挑戰者設下了年齡限制。音樂的世界，認定潮田的才華就只是泛泛水準。

才華是崇高且殘酷的。

放棄成為音樂家，那痛楚就宛如身體的一部分被割下來。潮田這樣的人並不少見。自幼就相信、被灌輸自己音樂才華過人，成為樂譜和琴鍵的俘虜，把其他的玩樂和樂趣統統封印起來，就這樣長大。相信自己的人生就只有鋼琴，埋頭敲打琴鍵，到頭來卻發現自己並非那個天選之人。不知幸或不幸，潮田能夠與自己妥協。所以即使音樂之神不肯對他微笑，他也開始尋找其他願意對他微笑的道路。

讀到研究所，就還有成為鋼琴教師的出路。雖然也不是輸不起，但如果自己無法成為音樂家，就成為栽培音樂家的人吧！

潮田教了一陣子，認知到鑽石的原石難得一見。坊間氾濫的「天才」一詞，僅意味著比自己更優秀一點的人，要找出受到各領域的神明祝福的人，形同大海撈針。

就在潮田厭倦了跟自己相同或更差的資質打交道時，因為朋友的兒子參賽，他捧場去參加某場鋼琴發表會。

在那裡，他看到了雙眼失明，卻精彩地一路彈完〈小星星變奏曲〉的第十二變奏的五歲男孩榊場隆平。

坦白說他感動極了，但是對一個五歲小孩，要怎麼教？教什麼好？當時的潮田心裡完全沒個譜。加上與視障兒童的相處完全是未知的領域，他認為自己無法勝任，便暫時擱置了。

然而十年後，潮田從音樂圈的人那裡再次聽到榊場隆平的名字。最近在國內比賽橫掃各大獎的十五歲少年，那就是隆平。而且聽說他正在尋找新的鋼琴教師。

潮田覺得這是緣分。

他迫不及待跑去見隆平。

『什麼都行，彈來我聽聽。』

儘管他突然登門拜訪，隆平卻當場彈了蕭邦的練習曲給他聽。對蕭邦曲子的理解程度，以及超齡的技巧，立刻擄獲了潮田。

我找到了。

隆平就是那顆鑽石原石！

『隆平的琴藝非常獨特，可以說幾乎是自成一格。如果他要繼續往上爬，能夠教他的應該就只有我了。』

雖然說法有些傲慢，但有一半是肺俯之言。隆平擁有的才華，足以讓四十多歲男子為之瘋狂。

此後潮田一直負責教導隆平，已經過了近十年。隆平確實就是原石，愈打磨愈燦爛。他成長神速，囊括了國內知名的鋼琴賽獎項後，終於在蕭邦鋼琴大賽贏得了名次。

日本社會為之沸騰。但是對潮田來說，在蕭邦鋼琴大賽中獲獎僅是通過點而已。隆平的潛力既深又廣，他對音樂的知識和技巧都還吸收得不夠。只要累積練習和登台經驗，遲早一定會成為留名音樂史的鋼琴大師。屆時自己是否還在隆平身邊，潮田沒有興趣。只要在隆平獨一無二的才華開花結果的過程中，自己有幸參與，他便死而無憾了。

隆平的鋼琴是上帝賜與人類的珍寶，也是世界的財產。

不能讓榊場隆平的才華被毀掉。

不能讓他被玷污。

然而在值得紀念的巡演第一天，卻出現了天殺的鬧場者。不只是打擾隆平的私生活，還把噪音帶進他的演奏。那是不擇手段貶低有才華的人、滿足自己嗜虐心的下三濫。

寺下根本是披著人皮的劇毒。

他絕對會成為榊場隆平的禍害。

非得想想法子才行。

3

『日前，「榊場隆平　莫札特巡迴演奏會」東京公演在東京文化會館大表演廳揭開序幕。不愧是蕭邦鋼琴大賽決賽者的演奏會，大表演廳座無虛席，盛況空前。然而榊場本人的演奏表現似乎不如預期。雖然也有出色的部分，但整體失誤不少，顯得散漫。也許是因為年紀尚輕，過度緊張而導致表現失常。無論如何，這只是巡演第一天。期待榊場會在巡演全國的過程中逐漸放鬆，發揮原本的實力。』（《帝都新聞》週日版　文化・演藝專欄）

「隻字都沒提到有人鬧場的事嘛！這個記者真的有在現場嗎？」

由布花捲起讀完的報紙，一把砸在桌上。

「噯，請冷靜，由布花女士。」

ＴＯＭ立刻安撫，但他內心的想法應該也半斤八兩。如果由布花不在這裡，一定會是ＴＯＭ表現出相同的憤怒。

兩人正在主屋客廳擬定善後對策。雖然很不甘心，但就像報導中說的，三號的公演表現不如預期。東京公演的第二天迫在眉睫，該如何讓隆平回到完美的狀態，並阻止寺下鬧場，是由布花等人的當務之急。

隆平有潮田陪著，因此技術面的支援不必擔心。問題是要如何對付寺下。

「進場的時候把他擋下來如何？」

「但是要拒絕循正規管道買票的聽眾入場，相當困難。」

「可是萬一被他進到聽眾席，他又會做出跟第一天一樣的舉動。要是我還是你坐在他旁邊，就可以阻止他了。」

「可是又不曉得他的座位號碼，就算知道，我們也沒辦法弄到他旁邊的座位。」

「那到底要怎麼辦？就算有潮田老師支援，要是任由寺下為所欲為，又會重蹈覆轍了。」

「畢竟買了票就是客人啊。」

「還是找警察幫忙吧。」

「剛才我不就說了嗎？警方也幫不上忙啊。」

ＴＯＭ毫不掩飾焦躁。不是對由布花說的話，而是為了警方的沒用感到氣憤。

「針對個人的壞話、或散播無憑無據的謠言，是個人之間的糾紛。警方原則上不介入民事，所以不會出面干涉。」

「那不只是壞話，完全就是胡說八道，而且事關隆平的尊嚴。這可以用侮辱罪或妨礙名譽罪告他吧？」

「所以說，這部分的界線很模糊啊。」

ＴＯＭ以厭煩的口吻說。

「以前我在當偶像經紀人的時候，也遇過好幾次這類誹謗中傷騷擾，所以刻骨銘心。罵人的內容是否相當於侮辱或妨礙名譽，是因案而異，而且棘手的是，還有憲法保障的言論自由擋在前面，所以警察也不會輕易成案。」

「那種鬧場不可能算是言論自由。」

「我們當事人當然這樣想，問題是客觀上怎麼樣。隆平是如假包換的視障人士，所以叫囂『你其實看得見吧』算不算侮辱，要看怎麼解釋。事到臨頭，若是寺下辯解『我是在說他運指精確，簡直就像看得到一樣』，就能搿得過去。從這個意義來說，寺下鬧場的話非常高明。他不像社群媒體上那些隨便亂罵人的傻子，而是遊走在可能不構成刑事案件的邊緣上。他也不是平白靠流氓手段混飯吃的。」

「……真是惡劣透頂。」

「所以他就算在那個世界的底層也混得下去。只要把自尊和良心丟進水溝就行了。」

由布花說不出話來了。自尊與良心，是最強大的行動規範。若是拋棄這兩者，能夠約束一個人的，就只剩下法律了。

兩人想不出任何好方法，正一籌莫展，這時門鈴響了。

玄關站著一名陌生男子。

『我是赤坂署的刑警，請問榊場隆平先生在家嗎？』

由布花忍不住和ＴＯＭ對望。這不是說曹操，曹操就到嗎？

「怎麼辦？」

「不曉得是來做什麼的，先聽聽他的說法吧。」

由布花到玄關應門，請男子入內，男子出示警察手冊裡的警徽：

「我是生活安全課的熊丸貴人。前些日子的演奏會，榊場先生的演奏被人鬧場，我是為了這件事來的。」

由布花感到驚訝，同時也感到安心。她請熊丸進客廳，向他介紹ＴＯＭ。

「我以為刑警都是兩人一組行動的。」

「因為還不到正式偵辦的階段。」

聽到ＴＯＭ的疑問，熊丸抱歉地回答。

「榊場隆平先生呢？」

「在練習。」

「這樣啊。可是沒聽到鋼琴聲啊？」

「練習室是另外的獨棟，而且完全隔音。有什麼事，我是他母親，可以代他回答。警察會幫忙逮捕妨礙隆平的演奏會的歹徒嗎？」

「榊場太太，請別急。目前還不到說什麼逮捕的階段。」

熊丸安撫由布花，平靜地開始說明：

「您知道赤坂署轄區裡有許多演藝經紀公司嗎？因為這樣，署裡經常接到與藝人有關的問題諮詢。這類問題，都是我們生活安全課擔任窗口。」

由布花從來沒跟警察打過交道，聽到刑警，印象就是外貌凶狠，要不然就是莫名嚴肅。但熊丸看起來就是個隨處可見的上班族，說話口氣也完全是公家機關的職員。

「前些日子在演奏會上鬧場的是誰，太太知道嗎？」

「是一個叫寺下博之的人，聽說他是自由記者。」

「這個人臭名昭彰。」ＴＯＭ從旁插口說。「我已經打聽到他的劣跡了，他根本不是什麼記者，只是個恐嚇取財的流氓。」

「說他是流氓，這我也同意。其實從幾年前開始，我們就接到多起與寺下博之有關的問題諮詢。他在社群媒體中傷特定的偶像歌手，或是在訪談中提出形同性騷擾的問題，就算向出版社或是網站抗議，他們也都以寺下不是他們的員工，只是買他的報導為由，規避責任。」

「如果經紀公司實際蒙受損害，向他提告不就好了嗎？」由布花說。

「這些情況，能不能成案很微妙，經紀公司也想避免負面形象，不願鬧上法庭。結果只能忍氣吞聲，或是掏錢買下他的報導。」

熊丸的話，不期然地印證了ＴＯＭ打聽到的傳聞是真的。

「也是有被害人向警方報案，但最後都沒有成案。不過也不能因為這樣就置之不理。」

「生活安全課是專門負責藝人案件的嗎？」

「我們從預防網路犯罪的觀點，關注社群媒體上的中傷，不過警察的工作，本來就是維護民眾的安全。」

熊丸微微探出身體，接著說：

「基於前述的理由，我們一直緊盯著寺下的行動。赤坂署的我會拜訪轄區外的榊場府上，也是這個原因。」

「熊丸先生怎麼知道鬧場的是寺下？當時你也在會場嗎？」

「我沒有進去裡面。鬧場的內容，也是看到推特上面觀眾的貼文才知道的。不過我很清楚寺下的興趣和喜好。他會參加跟他格格不入的古典音樂的演奏會，這就很可疑了。他一定來打擾過府上吧？」

「沒錯。」

由布花盡可能詳細地描述寺下和隆平的對話。熊丸聽著聽著，表情愈來愈凝重。

「那場採訪之後就跑去鬧場嗎？比以前更巧妙毒辣了。那段訪談有錄音嗎？」

「我們沒有，只有寺下用他的ＩＣ錄音機錄音。」

「他被攆出會場的時候，還這麼說。」

ＴＯＭ重述寺下的撂話內容。

「這段對話有記錄嗎？」

「沒有。」

「真可惜。」熊丸噘起嘴唇。「從兩位的描述聽來，訪談內容充滿了惡意，加上他對經紀人說的話，只要證據齊全，或許可以構成恐嚇罪。」

「我和ＴＯＭ可以作證。」

「只憑證詞，實在很困難。若是沒有實際記錄，只會演變成各執一詞，爭論到底有沒有說過。寺下的那些作為，應該也是預料到被逮到證據的風險。過去他做過太多類似的惡行，已經學會了熟練的閃躲技巧吧。」

「我們想要報案。」

「就算報案，若是沒有確鑿的證據，結果也是一樣的。換句話說，任何形式都行，只要有具體的記錄，就非常有可能成案。」

由布花在內心咬牙切齒。不只是隆平，他們受到的損害如此明顯，警方卻無法行動。雖然說警方不介入民事，但若是能透過談判達成和解，他們也不必這樣焦慮苦惱了。對方是會滿不在乎地妨礙演奏會的野蠻人，常識和良知對他根本不管用。

首先，他們沒有任何非隱瞞不可的虧心事，只是寺下單方面宣稱隆平的視覺障礙是偽裝的而已。換句話說，他們是平白無故遭到誣賴，對方的恐嚇毫無道理可言。

然而另一方面，兩年前雙耳全聾作曲家的事件尚未風化。那樁大醜聞不僅是古典音樂界，還讓全日本陷入失望與猜疑的漩渦，現在仍記憶猶新，新傷未癒。若是在這個時期遭到猜疑，清白的人也會被抹成黑色的。

就沒有辦法封住寺下的嘴巴嗎？

由布花想了一下，靈光一閃：

「TOM，寺下要求給他機會好好採訪對吧？」

「對，他的確是這麼說。要是潮田老師在場，可能已經演變成殺傷案了。」

「那，就安排一次採訪怎麼樣？當然，我們這邊也做好錄音的準備。」

ＴＯＭ似乎悟出由布花的目的，露出恍然的表情。

「要設下圈套是嗎？由布花女士。」

「採訪的話，ＴＯＭ是經紀人，當然也會在場陪同吧？也不用擔心讓隆平一個人應付，陷入不安。只要有負責談判的ＴＯＭ先生在場，寺下應該也會明確地說出他的要求。」

由布花和ＴＯＭ幾乎同時看向熊丸。

「啊，這確實是個好主意。」熊丸似乎對這個主意很起勁，身體更加往前探。「上次的採訪，是在哪裡進行？」

「練習室。那裡是隆平最能放鬆的地方，所以我和隆平一起接受寺下的採訪。」

「如果答應第二次採訪，條件和上次相同，對方也比較容易掉以輕心吧。如果方便，或許我可以指點一下在練習室藏錄音機的地方。」

「我帶您過去。」

由布花領著熊丸前往獨棟的練習室。走出庭院，經過前往練習室的通道時，熊丸佩服地說：

「真的是另外蓋了一間房子呢。這也是為了隆平先生嗎？」

「完全離開主屋，專注力好像比較能持續。而且這一帶是安靜的住宅區，不能吵到鄰居。」

「我聽說隆平先生的聽力過人。可是聽力那麼敏銳的話，環境音不會妨礙練習嗎？」

「練習室完全隔音，而且電源也獨立，不會受到主屋的電力影響。對隆平來說，練習室就像是他的小天地。」

會進出練習室的人有限，因此不會特別上鎖。隆平對聲音比一般人更敏感，所以室內沒有傳出鋼琴聲時，只需要輕輕敲門。

「請進。」

由布花聽到回應後開門，只見隆平和潮田以有些放鬆的姿勢坐在鋼琴前面各自的椅子上。

「警察為了寺下的事過來了。」

「我是赤坂署生活安全課的人員，敝姓熊丸。抱歉打擾您重要的練習了。」

由布花說出想到的計畫，隆平微微側頭，潮田則皺起眉頭。兩人似乎不像TOM那麼支持。

「由布花女士，這件事已經決定了嗎？我覺得至少應該先和隆平商量一聲。」

「還沒決定。我會過來，也是為了聽聽本人的看法。」

由布花詢問關鍵的隆平本人。

「隆平，你覺得呢？」

「要對人設圈套，我辦不到的。」

「你只要照平常那樣回答就行了，而且TOM先生會陪著你。」

「如果媽和TOM這麼決定的話，那就這樣吧。」

回答很消極，但隆平說話本來就是這樣。不知道是對別人客氣，還是沒什麼自我主張，他很少會表達自己的感受。但音樂方面是例外，對於巧拙和喜好，都會明確地說出口。

隆平勉為其難地答應，但潮田依然一臉不滿：

「老實說，我不想再讓那傢伙靠近隆平。隆平的心理狀態，由布花女士應該比我更瞭解吧？萬一因為跟寺下見面，影響到正式上場的表現，那該怎麼辦？」

「訪談的時候，ＴＯＭ會在旁邊保護隆平。只要錄到寺下恐嚇證據的言詞，就立刻把他趕出去。」

「可是……」

「我也不想這麼做啊！」

潮田含糊不清的態度，讓由布花的語氣忍不住變尖了。

「要是有其他方法，你告訴我啊！現在最重要的是排除會影響隆平公演的障礙物。」

潮田的神情從不滿轉為困惑。由布花自己也覺得她這樣說太狡猾了。明知道潮田沒有其他好方法，卻這樣逼他。

由布花也不願意拿隆平拿誘餌，但愈是思考，就愈覺得只有這個方法可行。雖然她拜託ＴＯＭ陪同訪談，但若是有什麼狀況，自己和潮田也守在房間外面就行了。

可能是看不下去，熊丸伸出援手：

「現職警察說這種話或許不太恰當，但寺下這種人絕對不該放任他為所欲為。必須想辦法阻止他，否則會有更多人受害。」

或許也因為警察的身分，熊丸誠摯的語氣，讓潮田的表情變得肅穆起來。

「我明白您不願意拿隆平先生當誘餌的心情。拜訪府上，和太太還有經紀人談過之後，我明白了隆平先生是很纖細的人。您會擔心讓他再次和寺下面對面，也是天經地義的事。但刻意以被害人當誘餌的手法其實是有的。像電話詐騙如果在交付現金之前就曝光，警方經常會請被害人協助抓人。」

「這跟電話詐騙一樣嗎？」

「需要被害人協助，才能逮到歹徒，在這部分是一樣的。隆平先生這件事也是，只靠相關人士的證詞，實在無法成案。要逮到寺下，就需要能證明恐嚇事實的紀錄。」

潮田思考片刻，轉向隆平問：

「你真的可以嗎？」

「可以啊。只要能避免之前那樣被鬧場的話。」

「好吧，我會協助。」

潮田也不甚情願地答應了。他的心情，由布花痛切地理解。

「要在這個房間安裝錄音器材對吧？」

熊丸環顧練習室說。

「慣性恐嚇的人，防備心也很重。幸好這個房間除了平台鋼琴以外，沒有其他顯眼的東西，可以讓對方疏忽大意。把機器藏在鋼琴裡面怎麼樣？」

「不行！」

隆平當下拒絕。

「鋼琴是連頂板的震動都要考慮進去的樂器。光是裡面有雜物，就會影響琴音。」

「這就是目的所在啊。寺下應該也很清楚鋼琴對您有多重要，所以一定不會覺得那種地方有錄音機，就算懷疑，也不可能在本人面前打開鋼琴檢查內部。」

「可是……」

「只有訪談這段時間會放進錄音機而已。此外的時間，當然可以拿走沒關係。」

最後隆平讓步，答應在訪談前一刻放入ＩＣ錄音機。

「要是有什麼問題，請立刻連絡我。千萬小心。」

熊丸留下最起碼的叮嚀，辭別了榊場家。ＴＯＭ也來到練習室，當著其他三人的面，引誘寺下上鉤。

「就算是那種人渣，幸好沒把他的名片丟掉。」

和寺下交換過名片的TOM打電話過去，三聲鈴聲後，對方接聽了。

『喂，我是寺下。』

TOM把手機設成擴音，每個人都能聽到對話內容。

「我是榊場隆平的經紀人TOM山崎。」

『啊，我正在想你差不多該打電話來了。』

即使隔著電話，那黏膩的音質依舊。由布花感到極不舒服，都快吐了。

「你之前要求再次採訪榊場對吧？如果答應，你就會停止像上次演奏會的鬧場行為嗎？」

『我保證。不過做為交換條件，訪談的問題會相當尖銳，不可以逃避回答喔。』

什麼交換條件！由布花差點罵出聲來。真的是做賊的喊抓賊。短短三言兩語，就聽得出寺下是恐嚇勒索的慣犯。

「我會請榊場盡量配合採訪。但我們也有條件。就像上次採訪一樣，我也要在場。」

『沒問題，我也早就料到你會要求在場了。』

「下次公演就快到了，我希望訪談時間不要太靠近正式上場日期。」

『那後天下午怎麼樣？』

後天下午的話，這邊也來得及準備錄音。由布花默默地向ＴＯＭ點頭。

約好八號下午一點的時間後，ＴＯＭ掛了電話。

「骰子已經擲出去了。後天就要迎擊敵人，我們要保持冷靜，免得被寺下看出不對勁。」

「我和由布花女士完全藏不住內心的想法嘛。隆平平常就戰戰兢兢的，感覺很難看得出什麼。」潮田說。

「兩位沒必要跟他碰面。如果覺得危險，避開他就行了。」

儘管這麼說，迎接客人是由布花的工作。她從現在就開始煩惱，萬一因為太緊張而讓態度顯得不自然，那該怎麼辦。

但由布花是白擔心了。

因為寺下在懷疑他們的態度之前，就已經先喪命了。

III

molto dolente

～極盡沉鬱地～

モルト ドレンテ

1

十一月八日，上午七點三十二分。玉川署接獲通報，世田谷區等等力三丁目的住家發現一具屍體。

現場是都內首屈一指的高級住宅區，而且該住宅是知名鋼琴家的住家，得知這件事的重案組和鑑識單位一反常態地緊張起來。

機動搜查隊率先抵達現場，表示從屍體的狀況，顯示可能是一起他殺命案。接著警視廳搜查一課的庶務管理官判定具有犯罪性，下令搜查一課出動。

「好豪華的房子啊！」

搜查一課桐島班的長沼昌俊一到現場，立刻為現場的占地驚嘆不已。土地面積應有一百坪左右。在等等力的高級住宅區占地一百坪固然相當驚人，但讓長沼驚訝的是土地的使用方法。一般來說，建築物都會蓋滿建築面積上限，但這裡的主屋卻是平房，而且相當小巧。總之庭院非常遼闊。聽說院子裡還有獨棟的鋼琴練習室，但也沒有多大。換句話說，寸土寸金的土地就這樣閒置著，對土地毫不執著的地方，真的十分大富豪作派。

這裡就是在蕭邦鋼琴大賽得獎而一躍成名的榊場隆平家。而且發現屍體的地方是練習室，更令人驚訝。

「辛苦了。」

一看到長沼，玉川署的關澤就跑了過來。長沼以前也和關澤搭檔過，彼此相當瞭解。

「啊，關澤。被殺的是鋼琴家嗎？還是家人？」

「好像都不是。」

「是外人嗎？」

「是名叫寺下博之的自由記者。榊場家的人知道他的身分。總之請看看裡面吧。」

獨棟房屋裡是約九．五坪大的練習室。窗戶只有一面，但大小足以採光，照亮房間裡面。鎮坐在中央的平台鋼琴主張著在這個房間裡，它才是主角。相較於主角，躺在一旁的屍體窮酸得可憐。

「哦?這案子分給桐島你們那一組啊?」

蹲在屍體旁邊的御廚驗屍官轉向這裡。

「背後遭到兩發槍擊,各別貫穿心臟和肺臟。沒看到其他外傷,這就是致命傷吧。是死於器官損傷,或是失血休克。」

長沼站在御廚旁邊,合掌膜拜之後俯視屍體。屍體的雙眼空洞地看著天花板。

「發現的時候人是趴著的。兩處槍傷都呈星型裂傷,應該幾乎是接觸型槍傷。」子彈造成的傷口,會依據射擊距離的遠近形成不同的形狀。接觸型槍傷如同字面,是槍口貼著皮膚的狀態下擊發,體表會留下焦黑的挫傷輪。寺下屍體的槍傷完全就是這樣。

「死亡推定時間是昨晚十一點到深夜一點。等解剖檢查胃部內容物之後,範圍應該可以再縮得更小。」

為了驗屍而脫下的衣物擺在旁邊。

「長袖襯衫和長褲。外套鑑識拿走了嗎?」

「發現時就是這樣。」

「十一月的夜晚只穿一件襯衫，這很奇怪呢。昨晚都內氣溫低於十度耶。」

「現場找不到外套，可能是凶手拿走了。錢包、手機也和外套一起消失了。」

「目的是什麼？」

「思考這個問題，不是驗屍官的職責。」御廚冷冷地說。

「是被害人的外套沾上了可以查到凶手的東西嗎？」

「有這個可能吧。」

用不著搬出羅卡交換定律，凶手和被害人接觸的時候，就會在對方身上留下指紋、體液、灰塵、纖維等蛛絲馬跡。一定是凶手和寺下發生扭打，在他的外套留下了可以循線查到自己的跡證。所以即使會讓屍體的狀態顯得不自然，也非取走外套不可。

要從屍體身上得到更多的資訊，必須等待司法解剖吧。長沼暫時和關澤一起離開練習室。

「發現屍體報警的是母親榊場由布花女士。」

「她是第一發現者呢。」

「詳細情況，直接問本人比較好呢。」

進入主屋，客廳有四名男女圍坐在那裡。鋼琴家榊場隆平和母親由布花，還有經紀人ＴＯＭ山崎和鋼琴教師潮田陽彥。四人都板著臉孔，是為了命案感到不知所措，或者是家裡出現外人的屍體，感到困擾？

「報警的是太太對吧？」

長沼問，由布花慢慢地抬頭。

「發現屍體的也是妳，對嗎？」

「是。」

「請告訴我發現屍體時的狀況。」

「我都會在早上七點前醒來，今天也是一樣。然後我去隆平的臥室叫他起床，發現他不在。後來我問他，他好像去廁所了。可是那時候我以為他一定是去練琴了，所以去練習室找他。」

「一早七點就練琴嗎？」

「現在是巡演期間，而且演奏會第一天的表現他覺得不滿意，所以就算一大清早練習，也沒什麼好奇怪的。」

長沼瞄了隆平一眼，隆平滿臉不悅。母親說他對自己的表現不滿意，似乎是真的。

「快走到練習室的時候，我發現門是開著的。隆平練習的時候向來都會關門，所以我覺得納悶，走進去一看，竟發現寺下先生躺在鋼琴旁邊……背上都是血，叫他也不會動。我提心吊膽地靠過去一看，發現他已經沒氣了，所以連忙報警。」

「先確定生死，這樣的行動非常鎮定，令人嘉許。」

「外子在車禍中過世的時候，我看到他死去的臉。失去生氣的容貌衝擊很大，不可能忘記。」

長沼因為職業關係，看過不少死人的臉，他不得不同意由布花的話。屍體不只是不會動而已，而是會失去生物散發出來的氣息。

「聽說寺下以前來過這裡。」

被這麼問到，由布花說明寺下前來進行雜誌採訪的經緯。但她語帶保留的口氣啟人疑竇。

「是訪談內容有什麼問題嗎？」

「寺下先生不是個正經的記者。」

「什麼意思？」

聽到這話，經紀人ＴＯＭ一副理所當然的態度插話進來：

「他恐嚇我們。他想要捏造無憑無據的報導內容，說隆平眼盲是裝出來的。」

長沼忍不住看向隆平。即使是對古典音樂沒什麼興趣的長沼，也聽說過榊場隆平的際遇。宛如彗星一般，出現在日本古典樂界的盲眼天才鋼琴家。難道說，他這樣的身分是假造的？

「寺下的主張毫無根據。可是兩年前發生過謊稱自己全聾的作曲家被揭穿的醜聞，世人一定會用有色眼鏡看待這件事。寺下要求如果我們不想要他做出報導，就拿錢買下他的文章。」

ＴＯＭ更提到寺下在演奏會第一天的鬧場行為。這是原本無色的被害人被漆上黑色的瞬間。原來如此，記者只是表面的職業，其實是專幹恐嚇勒索的嗎？

「關於寺下的惡行，好像是赤坂署一位姓熊丸的刑警負責的，可以去問他。」

赤坂署的轄區有許多演藝經紀公司，應該也有不少公司向警署報案，長沼可以輕易想像應該有專門負責處理那類流氓的人員。

「寺下昨晚也來拜訪這裡嗎？」

聽到這個問題，四人都搖了搖頭。

「可是這樣的話，屍體怎麼會在練習室裡面？不好意思，府上的門窗平常都會上鎖嗎？太太。」

「主屋會上鎖，但獨棟那邊大部分都開著。」

「府上入口有大門，但門鎖只有一根插栓，構造很單純，從外面伸手進來就可以輕易拔掉。換句話說，可以自由從外面進出嗎？」

「只要主屋門窗鎖好就夠了。就算有小偷闖進練習室，那裡也只有一架鋼琴而已。鋼琴是值錢的樂器，但畢竟不是可以輕易搬走的東西。」

「經紀人和潮田先生晚上也會回家，所以屋子裡只剩下太太和隆平先生而已，對吧？」

「對。」

長沼和關澤對望。榊場家毫無防盜意識，確實令人傻眼，但現在應該討論的是別的問題。

寺下的死亡推定時間是昨晚十一點到深夜一點，但家人說寺下昨天並未來訪榊場家。

那麼寺下就是在其他地點遭到殺害，再被搬到練習室的。

問題是，搬運屍體的人清楚榊場家門戶洞開。如果不知道，誰會想到要把屍體丟進別人家？

「有誰知道練習室不會上鎖？」

由布花遲疑了一下說：

「附近鄰居都知道我們家對開大門沒有鎖。在送交社區傳閱板的時候，也都是直接進到大門裡面來。練習室不會上鎖這件事，只要是從以前就認識隆平的人，應該都知道。」

「沒有人提醒這樣很危險嗎？」

「這一帶治安很好，沒發生過闖空門或當街搶劫的事。一定是因為到處都有監視器的關係吧。」

由布花這句話讓長沼理解了。

以前都內高級住宅區頻繁發生闖空門案件，警視廳呼籲居民在住家裝設防盜監視器。在公共設施周邊及馬路裝設監視器，是行政機關的工作，但他們希望家家戶戶也自掏腰包導入監視器系統。幸好高級住宅區有不少住戶注重居家安全，許多人採納了這個建議，等等力這裡也不例外。

「府上在哪些地方、裝了幾台監視器？」

「主屋玄關和後門各一台。」

「大門附近和練習室沒有裝嗎？」

「沒有。」

長沼和關澤再次對望。如果就像由布花說的，就無法期待住家防盜監視器拍到寺下和凶手的身影了。若是如此，就必須請求鄰近住戶的協助吧。

「為了慎重起見，我要請教一下各位昨晚的行動。」

首先隆平說：「我洗完澡後，一直練琴到晚上九點，然後就去睡了。」

由布花好像也差不多：「我看到隆平回臥室以後，晚上十點就上床了。」

TOM山崎說：「我在演藝經紀公司工作到晚上八點，在六本木的餐廳吃過晚飯，在午夜之前回家了。」

「那家餐廳開到幾點？」

「我一直坐到十點打烊。」

「有人跟你一起去，可以證明你的話嗎？」

「我一個人去的。那家店我以前就一直想去，昨晚第一次光顧。店裡的員工記不記得我，我有點沒把握呢。」

TOM單身，所以也沒有人可以證明他回家以後的行動。但他說他住的大樓是自動鎖，入內及開鎖應該都有留下紀錄。不管怎麼樣，都必須確認一下。

潮田的行動模式也半斤八兩。陪隆平練琴到晚上九點後，就直接回住家大樓了。潮田也是單身，所以沒有人為他作證，但大樓一樣有自動鎖，查一下紀錄就知道了。

四人也答應提供指紋、毛髮以及唾液。接下來就只等鑑識和司法解剖報告出來，再次詢問詳情。長沼和關澤暫時離開主屋。

「長沼，你怎麼看？」

「太詭異了。」長沼老實回答。「事實上，任何人都可以進入大門內，也可以自由進出練習室。完全不設防真的很糟糕，但第三者把屍體搬進練習室，這個舉動本身不自然到了極點。這要是廢棄大樓也就算了，但這裡可是名人的住宅呢。」

「我也有同感。榊場母子形同沒有不在場證明，TOM山崎從餐廳打烊到回家之間，也有大約兩小時的空白，潮田也是，必須確認開鎖紀錄，不在場證明才能成立。」

「假設寺下就如同證詞說的，是個恐嚇流氓，那麼希望演奏會成功的四人，同樣都有殺人動機。」

遭到恐嚇的一方被逼到反咬，是常有的事。即使是無憑無據的抹黑，對於剛展開全國巡演的知名鋼琴家來說，一定無論如何都想避免。

「監視器也是，從附近鄰居那裡可以得到多少線索呢？」

「周邊訪問是我們轄區的工作，交給我們吧。」

「我也一起加入。」

長沼立刻和關澤一起挨家挨戶問話。幸好左鄰右舍都有人在，詢問順利進行。

「說到榊場隆平先生，他現在已經是世界級的鋼琴家了嘛。我們這一區住戶都算是有水準的，所以不會大驚小怪，給榊場先生添麻煩，我們居民都很支持他。經紀人和鋼琴老師嗎？對，幾乎天天都會看到，幾乎就像是他們的家人了吧。七號晚上嗎？十點過後，主屋和獨棟的燈就熄了。可疑人士喔？很不巧，那個時間我也進去屋子裡面了。要是有看門狗的話，或許會對可疑人士叫個幾聲吧。」

「噢，榊場家是嗎？演奏會前天之類的時候會晚一點，不過好像每天都在固定時間熄燈。真的就像時鐘一樣準確。看到燈熄了，我就會想榊場先生都休息了，我也差不多該睡了。啊，就算沒有人跟我說演奏會快到了，我也看得出來喔。因為獨棟有燈光的時候，表示隆平先生和鋼琴老師在練琴。」

「可疑人士嗎？很久之前，聽說公園附近有人看到可疑人士，不過家家戶戶開始裝監視器以後，就再也沒聽說這種事了。聽說這裡在都內的住宅區裡面，治安也是數一數二的好。」

「榊場家深夜有沒有傳出聲響？唔，這一帶的居民很多都是像我這樣的老人，都很早睡早起呢。半夜十二點還醒著的人，可能沒幾個吧。」

詢問之後，收穫只有榊場母子和ＴＯＭ山崎及潮田陽彥的關係有多親密，以及沒什麼目擊證詞。沒有任何人看到深夜一點多扛著屍體晃來晃去的人。每一戶都樂意提供監視器資料，算得上是一點安慰嗎？此外，沒有任何人看見練習室深夜亮起燈光。

鑑識報告隔天就出來了。由布花說，每天一次，她會在上午打掃練習室，因此考慮到屍體被搬進來的時間，幾乎沒什麼多餘的遺留物。鑑識報告指出驗出了五人的毛髮和六人的腳印。其中五人是榊場母子、TOM山崎、潮田陽彥以及被害人寺下博之。問題是多餘一個人的腳印，長沼認為這正是凶手留下的跡證。當然，除了指紋和腳印以外，還有其他令人玩味的殘留物，這應該會在詢問涉案人士的過程中，變得至為關鍵。

也為了調查人際關係，長沼隻身拜訪赤坂署的熊丸。

熊丸是個怎麼看都是個普通上班族的警察。他已經知道寺下遇害的消息，表情有些凝重。

「我一直相信他如果不改那種寄生蟲的行徑，遲早會被驅逐，沒想到居然被殺了。」

「他樹敵這麼多嗎？」

「與寺下博之有關的諮詢，從幾年前就陸續不斷。幾乎都是來自演藝圈。寺下會在社群媒體中傷特定的偶像歌手，或是做出形同性騷擾的採訪。演藝經紀公司裡面，有一些和反社會勢力有關，感覺寺下都會避開這類背景強硬的經紀公司底下的藝人。」

「也就是避開地雷，專挑搖錢樹下手嗎？那當然會招來怨恨。」

「經紀公司不管再怎麼恨他，也因為擔心醜聞，沒辦法報案。就算報案，能不能成案也很難說。他們無法自己使出強硬手段，但要是委託黑道解決，也有可能在事後反被黑道勒索。愈是正派經營的經紀公司，愈想消滅寺下這個人吧。」

「演藝經紀公司的人，或是被暗示要揭發醜聞的藝人，也有殺害寺下的動機是嗎？」

「這無法否認。但就算是過去的被害人殺了寺下，問題是怎麼會把屍體丟在榊場家。榊場隆平先生被寺下纏上這件事，應該只有隆平先生和協助他的三個人知道而已。」

「或是四人當中的某人、或四人一起，把這件事告訴了凶手？」

「有這個可能。但這應該是他們想要保密的事，不太可能向第三者洩漏。」

這一點應該就像熊丸說的。增加共犯人數，容易導致犯行曝光。

「正式報案以外的紀錄還留著嗎？也就是沒有報案，被害人吞聲飲泣的案子。」

「關於寺下的紀錄，我自己做了一份整理，隨時都可以提供。」

「那請你稍後再給我。」

過去的被害人與這次的命案相關的可能性不高，但偵查工作的正規做法，就是要逐一排除這些可能性。這等於是自己挖出可能性，再刪除這些可能性，完全就像沒事找事做，但這是工作，沒辦法。

「老實說，我覺得滿不甘心的。」

熊丸依舊神情凝重地說。

「我想要循正規程序把寺下移送法辦，讓法庭定他的罪。他居然就這樣被殺了，教人難以釋懷。」

「希望寺下死掉的人應該不少吧。」

「但私刑還是不能容許。為什麼沒辦法在他被殺之前逮捕他呢？就算凶手落網，我一定還是會後悔不已吧。」

熊丸的心情，長沼也能理解。自己盯上的嫌犯死去，就好像獵物遭人搶走一樣。

「我沒辦法加入偵查，真的很可惜。」

「你光是提供資料，就算是參與偵查了。」

長沼向熊丸道謝之後，前往大田區的寺下住處。

桐島班的偵查人員和鑑識人員已經抵達，正在翻找寺下的個人物品和遺留物品。

看看住家大樓的等級和室內家具，寺下的生活似乎稱不上優渥。冰箱裡剩餘的食材和酒類，也都是廉價超市的貨架上會看到的商品。

寺下的頭銜雖然是自由記者，但簡而言之，就是沒有被聘為正職的狗仔。是因為過去的惡行，讓他無法成為正職，還是因為沒辦法得到正職，才會跑去幹恐嚇？不管怎麼樣，得知恐嚇者並未過上奢侈的生活，長沼稍微痛快了一些。

「電腦裡面的東西真是糟糕。」

聽到鑑識人員的話，長沼看了一下電腦裡的內容，確實相當糟糕。寺下以經紀公司分類，整理了他盯上或準備要下手的藝人醜聞。而且還仔細地列出了從哪家經紀公司勒索了多少錢。完全就是一份恐嚇收支報告書，看了讓人毛骨悚然。原本對於被害人，長沼總是會感到打抱不平或同情，但唯獨這次，實在湧不出這類情感。不僅如此，要是就快對凶手感到同理，還會連忙打消。

「房間裡找不到手機，看來果然是跟外套一起被帶走了。」

長沼向一臉遺憾的鑑識人員道謝，回到搜查本部。結果熟識的鑑識人員立刻來向他報告，說鄰居提供的監視器分析順利進行。

「監視器拍到被害人前往榊場家的畫面。」

負責分析作業的鑑識人員在電腦螢幕列出從各戶監視器截取的畫面說明。

「從畫面來看，被害人是單獨行動，沒看到同伴。應該是在某處會合，或是在某處遇上。」

對長沼來說，鑑識報告在雙重意義上讓他感到意外。原本警方認為寺下是被運屍到榊場家的，而且監視器拍到寺下的時間，也和當初估計的相差甚多。

「這畫面拍到的時間是晚上十一點左右呢。」

「對。離發現屍體的現場最近的監視器，也能確認到寺下在十一點十二分的時候還活著。而且這個時候他穿著外套。」

寺下是在其他地方遭到殺害後被運屍到現場的前提，正逐漸被監視器影像所否定。

鑑識人員提出更重要的發現：

「還有，雖然量非常少，但獨棟室內驗出了射擊殘跡。」

射擊殘跡是手槍等武器擊發的時候，會附著在射擊手的身體和衣物的重金屬類飛沫。主要是鉛、錫、銻、鋇等來自子彈的成分，能做為現場有槍械被擊發的證據。

「原本不應該會飛散到地板，但因為是近距離開槍，所以有一部分飄落到地板了吧。」

「也就是說，開槍現場是獨棟裡面？」

「因為是在陳屍地點附近採集到的。」

監視器影像和現場採集到的射擊殘跡。綜合這兩者推估，殺人現場應該是獨棟的練習室內。

如此一來，就出現另一個問題了。從周邊詢問的結果來看，在死亡推定時刻，練習室未被目擊到有燈光。

長沼正自困惑，這時關澤回來了。

「我們的人問到重大線索了。」

關澤反常地有些興奮，長沼立刻被勾起興趣：

「附近住戶應該是我們負責詢問的吧？」

「不是附近住戶提供的線索。是負責那一帶住宅區的送報員出面作證。」

「他說什麼？」

近年由於手機等電子儀器的普及，愈來愈少人訂閱實體報紙了。但現場的住宅區仍有許多高齡住戶，因此送報需求並未減少。

「除了下雨天以外，報紙送到各戶的時間幾乎都是固定的。送報員說，現場的住宅區，他都在上午五點到六點之間送報。案發當天也是一樣，送報員在上午六點把報紙投進榊場家的信箱。當時他看到練習室的門是關著的。」

長沼立刻想到關澤想要表達什麼了。

「關澤，這下就可以鎖定嫌犯了呢。」

2

「還不能使用練習室？開什麼玩笑！」

眾人一來到客廳，潮田首先憤怒地抗議。

「後天就是第二場公演了，為什麼不能用自家練習室和自己的鋼琴！」

「可是潮田老師，練習室出現一具屍體，警察當然不可能在當天就同意讓人進去啊。再說，隆平也沒辦法平心靜氣地在那裡彈琴吧？」

「TOM這麼說，你說呢？隆平？」

「我是不介意，」

旁邊曾經躺著一具屍體，確實很恐怖，但與熟悉的鋼琴分開，要更難熬多了。

「不過要練習的話，用會場的鋼琴就行了。」

「這部分可以放心。」

ＴＯＭ輕輕把手放在隆平肩上。

「我已經和東京文化會館交涉，他們答應會盡量提供那裡的鋼琴供你練習。從明天早上就可以開始用了。」

「在登台前一刻焦急也沒用，但可以彈琴的安心感，是無可取代的。」潮田說。

光是身邊有鋼琴就能夠安心，這一點隆平也同意。雖然也不是當成護身符，但伸手可及之處沒有鋼琴，讓他感到坐立難安。

「可是ＴＯＭ，隆平不僅是無法彈自己的鋼琴，還被毫無意義地限制行動，這教人怎麼受得了？就算東京文化會館願意出借鋼琴，被綁在這裡，還不是彈不到！」

「冷靜一點啊，潮田老師。反正等一下警察好像要過來繼續問案，到時候再跟警方商量一下吧。」

「可是說要繼續問案，到底還要問什麼？怎麼發現屍體的，不是都已經交代清楚了嗎？」

由布花毫無理由地忐忑難安。隆平覺得這也難怪。一直以來，除了父親車禍過世那時候以外，他們的生活與警察完全無關。另一方面，隆平自己也對警察有種類似心理創傷的記憶。參加蕭邦鋼琴大賽的時候，他被捲入某起命案，遭到當地執法人員包圍。當時十八歲的隆平在異國遭到語言不通的警察審問，都快嚇死了。所以他到現在依然比一般人更害怕警察。就算是為了命案偵訊，光是要和刑警交談，就讓他百般不願。

「我沒有鞭屍的興趣，但無論如何都不能讓隆平的前途被寺下這種人阻礙。現在只能不遺餘力協助警方，祈禱盡快破案。」TOM說。

「你說的沒錯，但我不允許任何事物影響隆平的表現。這是最底線。」潮田說。

「就算是警察，我也不許他們嚇到隆平。」由布花也開口。

隆平明白三人都以各自的方式在為自己擔心，因此沒有特別表示意見。沒多久，搜查本部的長沼和關澤來了。

「各位都在這裡啊？」

長沼的語氣莫名地誇張。潮田立刻反應：

「我們在場有什麼不行嗎？如果要詢問相關人士，我和TOM也算在裡面吧？」

「我們警方就算是個別問話也無所謂。唔，好吧。確實省了麻煩。」

隆平從聲音的移動聽出對方的位置。長沼來到正面，俯視著自己說話。

「我是警視廳的長沼，你認得我嗎？」

「只要聽過一次聲音，我幾乎不會忘記。而且你的聲音很有特色。」

「噢？什麼特色？」

「有點捲舌，會把『撒』的音發成『唰』。」

長沼的回應慢了兩拍。

「你的聽力真的很好呢。嚇我一跳。」

隆平覺得只要是演奏家，能聽出這種程度的差別很一般，但刻意沒有說出來。

「我報告一下目前查明的事實。首先，寺下的死亡推定時間是七號晚間十一點到深夜一點之間。我們調閱附近的監視器，看到被害人在該時段之前在附近走動。」

「可是，」ＴＯＭ插口。「他也有可能是在外面被殺掉以後，才被搬進練習室啊。」

「那樣一來，就得扛著或拖著屍體進入大門。但就算是沒有行人通過的深夜，在大馬路上做出這種行動，形同自殺。犯行現場十之八九，就在練習室裡面。」

「怎麼可能？你說的只是可能性吧？只憑可能性就說練習室是殺人現場，這不會太武斷了嗎？」

「也有證據。我就不詳細說明了，但室內驗出了射擊殘跡，也就是子彈發射的痕跡。」

「這太荒唐了！」

「人會撒謊，但證據不會撒謊，ＴＯＭ山崎先生。查出命案現場就是練習室以後，就出現了另一個可能性。我們向附近住戶詢問，發現死亡推定時刻那段時間，練習室一片漆黑，沒有燈光。這件事我也要請教潮田先生，練習室什麼時候會開燈？」

「天黑以後，我或ＴＯＭ、由布花女士在裡面的時候。」

「隆平先生一個人練習的時候呢？」

「只有隆平一個人的話，不需要──」

潮田說到一半住口了。

「對，沒錯。就算室內沒有燈光，也能掌握哪裡有什麼東西、誰在什麼位置的，就只有隆平先生一個人。」

「請等一下！」

由布花尖叫地說。

「刑警先生，難道你是在說隆平是凶手？」

「我並非斷定隆平先生是凶手。但寺下在深夜一片漆黑的室內遭人槍殺了。而且是兩槍命中要害。你們理解這兩槍意味著什麼嗎？」

長沼不待回應，接著又說：

「凶手只開了兩槍。不是隨便亂射一通，而是兩槍都精準地命中了要害。就算是近距離開槍，也必須精確瞄準才辦得到。換句話說，這證明了凶手即使在黑暗當中，也能確實瞄準寺下。」

長沼轉向這裡。他的聲音從正上方落下來，所以立刻就能聽出他的動作了。

「你能夠只憑人聲和其他聲音來掌握對象的移動。這是一般人辦不到的技術。」

「等一下，刑警先生。」

潮田口氣凶狠地插口。

「放任你說，居然講出這麼離譜的話來。」

「我沒有斷定，這完全是可能性的問題。」

「寺下是被槍殺的吧？聽你的推論，就好像隆平真的開槍了一樣。可是刑警先生，你當真相信隆平持有手槍嗎？」

隆平記得親近的人的皮膚觸感。顯然是潮田的手觸摸了他的手指。

「這雙手，是用來彈奏八十八個琴鍵的手，不是用來扣板機的手。再說，一個這輩子只認得鋼琴的人，要怎麼弄到手槍？就算便利超商就有賣手槍，對隆平也是沒用的東西。」

長沼沒有立刻回答。儘管指出隆平可能就是槍殺寺下的凶手，但他無法證明隆平是如何弄到槍枝吧。

「我強調過很多次了，我只是提出可能性。我的工作就是反覆詢問案情，逐一排除可能性。」

「除非證明隆平有槍，否則應該不能把隆平當成嫌犯。」

「我也有話要說。」

由布花插口說。

「我發現屍體的時候，練習室的門是開著的。如果真的是隆平殺了寺下，他應該不會刻意把屍體丟在那裡，而是先藏起來，再棄屍到其他地方吧。」

「把屍體藏起來，這確實是很自然的行動。可是太太，有人作證在發現屍體約一小時前，也就是早上六點，練習室的門是關著的。」

由布花的反駁被打斷了。

「寺下遇害，是晚上十一點到深夜一點。後來一直到早上六點，門都是關著的，這樣解釋應該不會錯。雖然不知道為什麼七點太太去練習室的時候，門是開著的。」

片刻間，沉默降臨，但長沼以冷硬的口吻又說了起來：

「我們會再次來詢問隆平先生，還有別的理由。」

這斷定的話，毫無疑問是對著隆平發出。

「就算是親人，接下來的事，我也不好在各位面前說。詳細內容，我想在署裡詢問。請隆平先生配合我們去署裡一趟。」

「隆平……」

「警方的要求完全是自願配合，你不用勉強去。」

「後天就要登台了啊，隆平！」

三人同時制止。因為他們知道如果不阻止，自己一定會跟著長沼一起去。

「沒關係。」

隆平努力平靜地說。

「我沒有殺人，不管警方怎麼問，都沒辦法逮捕我的。」

「感謝你配合偵查。」

三人同時吵鬧起來：

「隆平，不要去！」

「警方想要誣陷你是凶手！」

「請尊重本人的意志好嗎！」

由布花倏地伸手握住隆平的手腕。

「至少讓我陪他一起去。」

「這是自願配合，太太可以跟來沒關係，但偵訊的時候不能在場，請諒解。」

由布花握住隆平手腕的手，力道一下子加重了。

這是隆平第一次踏進警察署。灰塵很多，有種紙張酸化的怪味道。一樓感覺很寬敞，但氣氛異常緊繃，因此感覺很憋悶。從經過自己身邊的人身上，只能感覺到警戒和排他的感情。

「請這邊走。」

聽到長沼的聲音，由布花讓隆平抓住自己的手肘稍上方。即使是母親，基本上在引導全盲者的時候，也絕對不會拉扯本人的手或衣物，或是從後方推擠。

一行人搭乘電梯前往樓上，來到其他樓層。前進了一段路以後，關澤插進隆平和由布花之間。

「太太請在這裡留步。偵訊時只能隆平先生一個人在場。」

「呃，可以至少等到律師過來嗎？」

「哦？隆平先生有顧問律師嗎？」

「是他簽約的經紀公司的顧問律師。」

「藝人的糾紛，不管民事刑事都會處理嗎？」

「刑事案件我不清楚，但我想現在就請經紀人去找律師過來。」

「不好意思，自願配合偵訊的話，不需要律師在場。我們也沒時間等到律師過來。」

「等一下！」

「太太請在另一個房間等。」

長沼伸手抓住隆平的手腕。隆平的肩膀反射性地一顫。瞬間，由布花的聲音從後方傳來：

「看不見的人突然被碰到會嚇到的！帶路的時候，要讓他抓著自己的手肘！你因為自己看得見，連這點事都想不到嗎！」

「……抱歉。」

長沼賠罪之後，客氣地把自己的手肘按上來。隆平不情願地抓住那隻手肘。皮膚的觸感和硬邦邦的嗓音印象頗為不同。

「隆平！」

由布花好像被其他警察攔住了，沒有追上來的樣子。

隆平被帶過漫長的走廊，引進一個房間。

「請坐在這張椅子。」

從坐下的觸感，隆平知道是廉價的折疊椅。從長沼的聲音迴響的感覺聽來，也知道是一間非常狹小的房間。牆壁吸入所有的聲音，就像裸露的混凝土牆，聲音沒有反彈就衰滅了。隆平暗自失望，覺得在這裡的對話一定也很痛苦。

可能是因為聽力比常人更敏銳，比起對話內容，隆平更重視對方的嗓音聽起來是否悅耳。除了「サ（SA）行」的發音有些不標準之外，長沼的聲音算是聽起來舒服的。

「一對一會讓你覺得不安嗎？」

「不是一對一吧？房間裡還有另一個人。」

他聽出長沼倒抽了一口氣。

「關澤在旁邊負責記錄。你怎麼會知道？」

「他的體味有點重，我記得很清楚。」

「……和你這樣的人說話之前，得先沖個澡再來呢。光是聽聲音就能掌握正確的位置，對我來說就像超能力者。」

這是隆平從小就聽慣的稱讚，但不覺得特別開心。察知別人站在什麼位置，根本不需要視力吧？

「不到超能力這麼厲害，每個人都辦得到。只要是聽力好一點的人，都可以輕易辦到。」

「可是榊場先生，就算別人沒有出聲，你也知道他站在哪裡對吧？這是怎麼辦到的？」

「因為聲音會被阻擋。」

「可以請你解釋一下嗎？」

「空調之類的運轉聲，會從固定的方向傳來。只要有人經過前面，聲音就會暫時被擋住，所以聽得出有東西移動。原理很單純的。」

「說到那個獨棟……」

「請說練習室。」

「練習室有大型空調對吧？它的聲音應該滿大的吧？」

「那是大容量空調，所以如果設定成微風，音量不怎麼大。當然還是一樣刺耳，但練習室門窗緊閉的時候，不是很冷就是很熱。」

「夏天姑且不論，接下來的季節，用暖爐不會比較好嗎？聲音應該也比空調要來得小吧？」

「暖爐會讓空氣乾燥，對鋼琴不好。空氣太乾燥，也會影響琴音，不適合練習。」

只要是從事音樂的人，都知道絕對不能在琴房裡擺暖爐。如此基本的知識原來一般人都不知道，隆平反而感到意外。

包括無光無色的世界在內，他發現自己以為普通的事原來都極為特殊。由布花和潮田安慰他別在乎這些，但是對隆平來說，只是愈來愈感到疏離。

他無法相信「特別」是那麼值得誇耀的事。

「原來如此，我明白了。也就是說，只要有聲音持續發出，你就可以掌握空間和物體的移動。」

「唔，就是這樣。」

「換個話題，你覺得寺下博之這個人怎麼樣？」

「我覺得他是個怪人。我看不見這件事，我自己最清楚，他卻說我在撒謊。我真的很詫異這個人到底在說什麼？」

「你一定很生氣吧。」

「也不是生氣，就覺得啞口無言。原本他都跟我聊音樂的事，我也對他敞開心房，但後來我才發現，他早就認定我是騙子，想要套我的話當做證據。他想要我親口說出我這二十四年來都在假裝看不見，我連生氣都覺得蠢了。」

「哦，不是生氣嗎？可是他也確實對你的全國巡演造成妨礙了吧？實際上，他就在演奏會第一天鬧場，影響了演奏。」

「我真的很驚訝，也因為這樣而表現失常。可是追根究柢，都是我的心理素質不夠堅強，所以我不會恨他鬧場。」

「你的回答很標準，但聽說因為他鬧場，導致你接下來的演奏亂七八糟。連大報都對第一天的失敗大書特書，其實你內心憤憤不平吧？」

「沒有這回事。」

隆平漸漸厭煩了。

看來長沼從一開始就不相信自己的說詞。不管隆平再怎麼大力主張，都沒有意義。

「刑警先生說，會再找我問話，是因為有其他理由。是什麼理由？」

「在說明這一點之前，我想先確定幾件事。你真的沒有殺害寺下吧？」

「沒有。」

「剛才我說過，寺下是在練習室遭到殺害的。八日早晨，你在七點前起床對吧？」

「對，我去洗手間的時候，家母過來叫我，說練習室裡面有人死掉，她馬上就報警，叫我不要靠近。」

「前天的練習結束後，到令堂去叫你，這段期間你都沒有進入練習室吧？」

「沒有。」

「你沒有靠近過屍體吧？」

「刑警先生，你有點囉唆喔？」

結果長沼換了副隨興的口吻說：

「第一次拜訪府上時，我們請你們每個人都提供了指紋、毛髮和唾液。」

「對，我記得。是為了和凶手留在練習室的這些證據做區別對吧？」

「這當然是原本的目的，但是在後續偵查中，意義有些不同了。寺下的屍體被脫下了外套。理由可能是因為外套沾上了凶手的毛髮或體液，或是想要取走留有與凶手通訊紀錄的手機。」

「和凶手的通訊紀錄？」

「寺下不可能毫無理由前往榊場家。而且是在三更半夜。他一定是和什麼人約好了碰面。既然如此，寺下的手機裡一定留下了和凶手通訊的紀錄。凶手在殺害寺下以後，一定會想要取走手機，可是並不順利。因為凶手沒辦法立刻找到口袋在哪裡。」

長沼的聲音一下子激動起來。

「就算焦急，時間也不斷地流失。凶手無計可施之下，只得把整件外套都脫下來。」

「確實有道理，但這跟我有什麼關係嗎？」

「凶手在脫外套的時候，碰到了寺下的左手。凶手可能沒發現，但那隻手戴了手錶。手錶上一清二楚地留下了應該屬於凶手的指紋。」

隆平從氣味知道長沼把臉湊近過來了。

「鑑識人員立刻核對了指紋，榊場先生，結果那吻合你的指紋。可以請你解釋嗎？為何從寺下的死亡推定時刻到你起床的這段時間不在練習室、也沒有靠近過寺下的你，指紋會附著在寺下的手錶上？」

隆平窮於回答。

「怎麼了？我在請你解釋啊？」

「……我不知道。」

「不是你記錯了嗎？」

「我沒有碰屍體。」

「如果沒有一個合理的解釋，我們不能放你離開。」

「這應該是自願配合的偵訊。既然是自願的，我隨時可以離開吧？」

「是這樣沒錯，但你覺得我們會在沒有釐清疑問的情況下結束偵訊嗎？」

長沼的臉湊得更近了。

「偵訊還沒有完。會持續到我們滿意為止。非常抱歉，得請你犧牲你寶貴的練習時間了。最糟糕的情況，公演行程也得更改了。你要有心理準備。」

要是在這時候離開，只會讓自己的嫌疑變得更重，而且此後警方一定會毫不客氣地在自己的周圍四處打聽。那樣一來，根本不可能安心彈琴。

隆平進退維谷，無法從椅子上站起來。

3

隆平以巡演第二天在即為由，好不容易擺脫了長沼等人的扣留。雖然偵訊中斷了，但長沼也沒有把隆平和由布花就這樣丟出警署外，而是開警車將兩人載回家。

不過在車內，和緩的威懾仍持續著。他婉轉地警告，在沒有完全洗刷嫌疑之前，隆平也是重要關係人之一。

寺下的手銬沾上自己的指紋，這個事實隆平無法反駁。他明知道若是無法反駁，自己會被逼到絕境，卻連一句話都說不出來。他可以輕易想像，長沼等人往後會執拗地對他追查不休。

一抵達自家，由布花便立刻抱怨不休，就彷彿要發洩一直壓抑的積鬱。

「我沒想到警方那麼不講道理，真是爛透了！」

「別這麼生氣，由布花女士。」

迎接兩人的 TOM 的聲音聽起來有些困惑，就像是不知該如何應付比平常更情緒化的由布花。

「他們兩人圍攻隆平一個人呢！真不敢相信！」

「偵訊一般都是這樣的。」

TOM說出算不上安慰的言詞，但從氛圍感受得出來，這反而讓由布花更不高興了。

「你說的一般，是指對嫌犯吧？隆平應該只是關係人啊！再說，他眼睛看不見，怎麼能那樣對他？」

隆平聽著，覺得有些不舒服。他不希望只因為自己眼盲，就擁有特別待遇。他和由布花應該早就這樣決定了。

「警方也很拚命啊。」

傳來一疊紙掉在桌上的聲音。

「請看。雖然報紙只用社會版的一部分刊登，但新聞網站都附上隆平的照片，花了好幾頁報導。平常連莫札特半個字都不會提的下流媒體都炒作成這樣了，警方也不得不拿出幹勁認真查案吧。」

「他們放錯力氣了。」

「這我不否定。」

「不管這個，顧問律師找得怎麼樣了？」

「應該傍晚會過來。我把這邊的狀況大概告訴對方了，但應該由妳和隆平親口說明一下比較好。」

「是怎樣的律師？我和隆平都是第一次見到他。」

「我覺得應該算優秀吧。」

TOM的聲音聽起來沒什麼自信。

「什麼叫覺得？那是你們經紀公司請的律師吧？」

「我還在當偶像歌手的經紀人的時候，找過那位律師兩次。一次是對黑粉提出誹謗中傷的損害賠償，用妨礙名譽罪告了在社群媒體散播那名偶像的謠言的幾個黑粉。當時就算遇到誹謗中傷，絕大多數也都當成名人稅，含淚吞下去，但那次因為實在太過火了，決定提告。第二次是旗下演員因為吸毒被捕。檢方原本打算求處重刑，殺雞儆猴，但多虧了我們的律師向承辦檢察官運作，最後只求處了輕刑。」

「聽起來很優秀啊，有什麼讓你不安的地方嗎？」

「畢竟那位律師從來沒有幫命案辯護的經驗。」

如同約定，那名顧問律師在晚飯之後過來了。

「我是律師吉川佳穗。」

從聲音聽來的印象，年紀約四十多歲，有些尖高的音質相當刺耳。

「大致上的情況，我從TOM山崎先生那裡聽說了，但我想再重新請教一次狀況。」

這邊坐著隆平與由布花，還有TOM和潮田。主要都是由布花和隆平在說明，其餘兩人只是聆聽。但隆平沒有說出手錶上有自己的指紋這件事。

「我瞭解狀況了。」

吉川律師以沉著的口吻說了起來。

「即使想要在黑暗中開槍，也看不出目標的位置，但如果是聽覺敏銳的隆平先生，就有辦法做到，警方會懷疑隆平先生，或許也是情有可原的事。雖然非常強硬。」

「隆平已經以自願配合的方式接受偵訊了。我們是不是不應該在委託律師之前就答應偵訊的？」

「原本說來，多半都是遭到逮捕或起訴之後，才會輪到律師登場，但多少還是應該先跟律師討論一下。不能因為警方還沒有正式逮捕就放心，因為在取得逮捕令之前，警方也會花許多時間蒐集證據。」

「意思是等到被逮捕的話，就已經太遲了嗎？」

「因為很多時候，警方都是確定能夠完全證明犯罪，才會決定逮捕。即使如此，還是有辦法對抗。」

「那個，我聽說律師是第一次幫這類命案辯護……」

「不管是吸毒案還是命案，程序上都差不多，因此律師的工作也相去不大，請放心。」

「這樣我就放心了。」

由布花這麼說，隆平卻只覺得惶惶不安。只要注意聽就知道，吉川律師在述說泛泛之論的時候，語氣堅定，然而一談到這次的案子，語調就變得有些軟弱。也許她的信念是，不確定的事就不要說，但身為當事人，實在感到不安。其他三個人發現這件事了嗎？

「可以推測，警方會要求隆平先生自願配合偵訊，是因為掌握了某些確證。隆平先生，您在接受偵訊的時候，承辦刑警有提出什麼具體的證據嗎？」

隆平心中一凜。

「不，沒有。」

「這樣啊。也許是因為這起案子備受媒體矚目，所以警方急著想盡快破案吧。」

「可是律師，隆平什麼都沒做啊！如果想要盡快破案，不是應該快點尋找其他嫌犯嗎？」

吉川律師的回答慢了幾拍：

「不能捨棄警方搞錯方向的可能性呢。」

很顯然地，吉川律師是為了斟酌措詞，才沒有立刻回話。

「隆平是被冤枉的。律師，有沒有什麼洗刷嫌疑的好方法？」

「因為不清楚警方的想法，我認為現在最好不要輕舉妄動。」

「律師會採取什麼行動？」

「這要看警方呢。總之，如果警方要求隆平先生去警署，請立刻通知我。」

雖然口吻親切恭敬，但形同毫無內容。簡而言之，這不就是在說隆平遭到逮捕之前，只能坐以待斃嗎？

可能連由布花都不安起來了，她確定地問：

「雖然隆平還沒有被逮捕，但警方正在到處奔走蒐集證據。可是我們卻什麼都不做，就眼睜睜等著對方出招嗎？」

「請冷靜，榊場太太。」

要人冷靜的吉川律師自己的口氣聽起來更驚慌。

「當然，警方應該也會打探這邊的動向。要是這時候輕率行動，反而有可能自掘墳墓。現在應該靜觀其變。」

如果律師無法提供解決之道，繼續談下去也沒有意義。由布花想不到還能問什麼，吉川律師匆匆就告辭了。

「不出所料呢。」由布花說。

「我道歉。」

ＴＯＭ立刻對由布花的酸言酸語賠罪。

「一看就知道是在掩飾不熟悉命案辯護的心慌，反而讓人不信任。或許不應該隨便放心，但是讓委託人不必要地陷入不安，就不能算是個適任的律師了。」ＴＯＭ說。

「沒有其他的顧問律師了嗎？」

「她是簽約律師之一，當然還有其他人。但都已經面談過了才換人，經紀公司應該也不會有好臉色吧。」

「這是面子問題嗎？」

「畢竟以後還有很多和顧問律師打交道的機會啊。」

「我才不管經紀公司之間怎樣。」

由布花似乎把無法對吉川律師說出口的不滿朝ＴＯＭ發洩。

「後天就是第二場公演了，隆平卻連好好練習都沒辦法！而且還整天被警察盯著。他們完全無視這對鋼琴家的心理造成多大的影響。」

「站在警方的立場，不管嫌犯是鋼琴家還是什麼家都無關啊。總之第一次面談就這種狀況，實在不牢靠。我會透過公司，明天再問問能不能介紹別的律師。」

「那我明天和隆平一起去東京文化會館。」

潮田聽起來已經完全厭倦了。

「對幫忙介紹的ＴＯＭ不好意思，但聽到剛才那個律師的說法，坦白說，我更加不安了。」

「唉，真的太對不起了。」

「所以只能由我來消除隆平的不安了。雖然只剩下明天一天，但我會全力以赴，警方和律師那邊就交給兩位了。」

「沒問題。」

ＴＯＭ和潮田似乎達成共識了。雖然個性不同，但遇到危機時，卻能合作無間，讓人十分放心。

「隆平，明天一早就要緊鑼密鼓地練習，所以今天要早點睡。確保充足的睡眠，也是工作之一。」

隆平回應「好」，但沒有自信能夠好好地睡上一覺。

愈不妙的預感愈容易成真，即使躺上床，也毫無睡意。他愈是想到潮田的命令，睡意就離他愈遠。

理由很清楚。對偵訊的不安與恐懼不用說，更重要的是，不能彈琴讓他很難受。

一直以來，絕大部分的不安只要彈琴就能消除了。因為他的煩惱幾乎都是和演奏有關的問題，但即使是沒能在比賽中拿到冠軍時的罵聲與揶揄，他也能藉由彈琴忘懷。鋼琴的聲音，是最有效的精神安定劑。

回想起來，自從懂事開始，鋼琴就是自己的搭檔。即使是無法對母親訴說的煩惱，甚至連對朋友都說不出口的痛苦，面對鋼琴，他就能盡情吐露。能夠分享無人能夠理解的感受的，就只有鋼琴。

木材、鋼鐵、羊毛、樹脂，以及以十八種高碳鋼構成的樂器。這種樂器任何人只要按下琴鍵，都可以彈出聲音，但是從某個程度開始，就會挑選演奏者。

隆平覺得「一敲就響*」這個詞，就是用來形容鋼琴的。當隆平昂揚的時候，鋼琴就發出清越的聲響，消沉的時候，便發出沉鬱的聲音。鋼琴代替笨口拙舌的自己，雄辯地

＊ 譯註：這句日文有「反應迅速」、「立竿見影」等意思。

傳達心情。自己所述說的千言萬語，不及鋼琴的一個音。琴聲就是隆平的話語、表情和靈魂。

而他今天一整天都沒有碰到鋼琴。

就好像一切的表達手段都被封住了一般，他感到窒息。為了慎重起見，他問了一下，但練習室前面現在仍有警察駐守，只有警方人員能夠進入的樣子。

只是分開一天，他便刻骨銘心地瞭解到，自己和鋼琴是一心同體的生物。沒有隆平，鋼琴便發不出琴聲，沒有鋼琴，隆平就無法表現自我。

鋼琴之於隆平，就像是獨一無二的知己、兄弟和情人。

在輾轉反側的床上，隆平動著十指，煩悶不已。

好想彈琴。

好想踩踏板。

他不曾經驗過毒癮，但禁斷症狀一定就是這種感受吧。思考混亂，意識散漫。

隆平苦悶了好陣子，但睡魔遲遲不肯眷顧。

隔天九號，隆平和潮田一起前往東京文化會館。由於ＴＯＭ事先疏通，能夠一早就借用會館裡的鋼琴。

「真是無妄之災呢。」

舞台監督藤並打從心底同情地安慰說。

「居然把即將登台表演的鋼琴家抓去偵訊，警察真是太沒常識了。他們到底把音樂家當什麼了？」

比起犯罪偵查，藤並也同樣更加關心音樂家的心理狀態。世人對此或許會有疑義，但是在隆平身處的世界，這是理所當然的事。

「別人也就罷了，居然說榊場先生是凶手？我都要懷疑眼睛看不見的是不是警察了。」

「謝謝。」隆平簡短地道謝。現在比起辯護的言詞，他更想盡快摸到琴鍵。

「中午矢崎女士和樂團也會過來，在那之前，請盡情練習吧。」

潮田替隆平道謝：

「謝謝您答應我們的不情之請。隆平會用公演的表現來報答這份恩情。」

鋼琴已經在舞台上準備好了。隆平一坐到椅子上，立刻打開蓋子伸出雙手。

指頭摸到白鍵的瞬間，他自然地吁出一口氣。毫無疑問是安心的嘆息。

為了熱身，他開始彈奏〈土耳其進行曲〉。充滿異國風情的第一主題。他知道指頭和耳朵都為這熟悉的感覺而歡喜。

但快感也只持續到這裡而已。

轉調至A大調的時候，左手的節拍稍微亂掉了，無法順利彈出分解和弦。接下來的小節也是，只能拚命取巧掩飾過去，和原本的演奏內容大相逕庭。

對隆平的演奏瞭若指掌的潮田似乎立刻聽出來了。

「隆平，停。」

不用潮田說，隆平也打算彈到一半就收手。

「怎麼了？〈土耳其進行曲〉對你不是易如反掌的曲子嗎？」

「我的手……」

隆平說著，觸摸自己的左指。他沒有特別的自覺症狀。手指沒有痙攣，也並非凍到發僵。

「好像沒辦法自由活動。」

「剛才的地方再彈一次。」

隆平依照潮田的指示重彈了一次，這次卻在不同的地方失手了。手指不受控的狀況，隆平已經好幾年沒遇過了，因此這讓他自己驚訝不已。

你是怎麼了？

為什麼不照我的意思活動？

隆平陷入混亂，一頭霧水。身體都好端端的，卻只有左手指不聽使喚。

「狀況稱不上好呢。」

「可是只要練習，一定就……」

「你以為我聽你彈琴多少年了？」

潮田離開原地，去找舞台旁邊附近的藤並。

「隆平好像狀況不太好。」

「我也這麼覺得。」

「公演現在還有辦法延期嗎？」

「要看主辦單位的意思，但會館這裡不吝配合調整行程。」

「晚點我會要ＴＯＭ跟您連絡，麻煩您了。」

隆平從語調聽出，潮田的神情肯定十分迫切。

「我剛和藤並先生談過了，你聽見了嗎？」

「老師，我沒問題的。」

「你哪一次上台前遇到過這種情況？」

潮田的語氣不容反駁。

「不過這也不是這一兩天的事了。你的演奏水準是掛保證的，但也不能說是堅若磐石。因為音樂性和技巧都需要穩固的心理來支撐，而你的心理素質比你所想的更要脆弱。」

對於自己的心理有多脆弱，隆平有所自覺，所以並不覺得驚訝。但聽到潮田這麼說，再次確定這個事實，還是讓人頗受打擊。

「只要練習，總有辦法的。」

「什麼有辦法，懷著這樣的不安上台表演，豈不是太不尊敬花錢來聽演奏的樂迷了？如果是比賽，只是你和你身邊的人會失望而已，但演奏會可不能這樣。」

隆平無法反駁。

即使是業餘能夠被容忍的事，換成收錢表演的立場，就不能被容許。

「第一天表現失常，又遇到命案，甚至還被當成嫌犯之一。仔細想想，這樣還能維持平常心反而奇怪。別太煩惱了。」

演奏會的主角毫無疑問是隆平，但倘若表演一塌糊塗，必須負起責任，會牽扯到許多相關的人。這點事隆平還明白，因此無法堅持己見。

和藤並達成協議後，隆平和潮田一起離開了會館。

4

一回到榊場家，潮田立刻把會館發生的事逐一告訴ＴＯＭ。

「延期嗎……」

聽完之後，ＴＯＭ咬牙地說。

「不是中止，算是不幸中的大幸。延期的話，雖然會有人退票，造成一些金錢損害，但還在ＡＣＰＣ（音樂會主辦者協會）的約定條款範圍內，我們經紀公司也還付擔得起。不過，眼前的問題不是這個。」

「我明白。問題是隆平什麼時候能恢復正常。」

「若是宣布隆平突然生病，包括購票者在內，大部分的人都會接受延期吧。但是要延期，就必須明確定出延期到何時。」

宣傳和行程管理全都交給ＴＯＭ處理，但隆平也理解巡演日期的變更有多煩雜。第三場公演預定十一月中旬在橫濱體育館舉行，依據隆平的調整狀況，必須重新審視整個行程。

「如果只延期這一場也就罷了，若是要重新規劃整個巡演行程，包括退票等等在內，可能產生龐大的損失金額。要是搞成這樣，會在隆平的資歷留下莫大的污點。」

ＴＯＭ刻意沒有明說，但是給經紀公司和主辦單位造成大損失的音樂家往後會受到什麼樣的待遇，不言而喻。這應該會導致他們對全國巡演這類企劃裹足不前，對榊場隆平這名鋼琴家的評價也會一落千丈吧。

「這我也明白。接下來會看看隆平的狀況，決定下次公演的日期。」

「最晚到明天。最起碼也得在原本預定的公演日通知延期的消息和延期至何時，否則對主辦單位交代不過去。」

由布花沒有插口兩人對話的樣子。隆平的身心狀態和表演事業方面的交涉，都是由布花無法勝任的問題，她有自知之明，就算隨意干涉，也只會礙事。

隆平也一樣保持沉默。這是他自身的問題，所以身心狀態是他必須解決的課題，但是對表演事業方面，他完全不關心。

至少直到上一刻都是如此。

若是因為他的關係，演奏會延期或是中止，會對眾多相關人士造成多大的損害？說來丟臉，他完全沒有思考過這個問題。

即使是業餘能夠被容許的事，換成收錢的立場，就無法被容許。榊場隆平是一名音樂家，同時也是活生生的內容商品。不是只有他、由布花、ＴＯＭ和潮田而已，隆平的鋼琴揹負著參與這項商業活動的每一個人的生活。

瞬間，隆平體認到責任有多重大。這是自己的身體，卻也不是自己的身體。過去他為了端出高水準的表演，避免暴飲暴食，注重養生，但就連這些，都不是只為了自己一個人。

肩膀忽然微微哆嗦起來。明明不冷，背後卻竄過一陣惡寒。

「隆平，你怎麼了？」由布花問。

「怎麼啦，隆平？」潮田問。

隆平舉起一手回應「沒事」。ＴＯＭ沒有插口，但也許看出了隆平的心情變化。

「其實我剛才問過警察，他們說練習室的封鎖今天就解除了。晚上九點，警察會正式解除警備，到時候就可以盡情彈琴了。」

「太好了。這樣隆平也可以不用在意時間，全力調整狀況。」

「不過晚上九點以前還是禁止進入，再忍耐一下吧。」

「知道了。」

潮田的話強而有力，讓人感受到他的期待。

但說到隆平，練習室開放雖然令人欣喜，但開始意識到的重責大任仍沉沉地壓在肩頭上。

隆平面對三人提出的三種課題，空氣變得沉重起來。由布花看不下去，出聲說：

「差不多該吃晚飯了。我連ＴＯＭ先生和潮田老師的份都煮了，一起吃個便飯吧。」

一用完晚飯，潮田就說要討論今後的事，把ＴＯＭ找到客房去。他們似乎不想讓自己和由布花聽到，所以隆平也刻意不說什麼。

隆平先回到房間，播了莫札特的ＣＤ，卻是心神不寧。晚上九點練習室就開放了，這讓他急切盼望。

自從在排演中發現不對勁以後，戒斷症狀隨著時間經過愈來愈嚴重。偵訊帶來的迫切感和重責大任的壓迫感幾乎快把他壓垮了，但只要彈到鋼琴，應該就能緩和了。

唐突地，他想起了那個人。

在陌生的波蘭拯救了蒙上嫌疑的自己的那個人。和藹可親、彬彬有禮，卻如同他的琴聲般激烈的他。他的話，或許能提供有幫助的建議。

他應該還在遠征歐洲各國的途中。突然打電話會打擾對方，隆平決定以簡訊告知自己的近況。

最近的手機也充分考慮到身障者的需求。只要安裝「BrailleBack」這個軟體，就能使用支援藍牙的點字螢幕。點字螢幕是依靠觸摸螢幕時的觸感來讀取文字內容的機器，即使是隆平，也能輕鬆輸入文章。

隆平順著思路把身處的狀況寫出來後，最後如此收尾：

『我該怎麼做才能克服這個難關？如果有什麼好方法，請指點我迷津吧！』

用 VoiceOver 朗讀功能確定文章內容後，將訊息傳送出去。接下來只等他的回覆。

隆平按下手機HOME鍵，手機讀出現在時刻：

『現在是晚上八點十五分。』

還有四十五分鐘嗎？迫不及待漸漸變成了不耐。首先把第二十號到第二十三號鋼琴協奏曲的曲目從頭到尾彈一遍。就算有一些失誤也無所謂，把恢復到原先狀態列為第一優先吧。

不，彈琴之前，是不是應該先調律一下？

雖然沒聽到詳細說明，但警察進入練習室時，會不會甚至打開鋼琴檢查了？要是他們這麼做，羊毛氈和琴弦很有可能受損。再說，那些野蠻又粗魯的警察不可能好好地對待纖細的樂器。

『現在是晚上八點三十五分。』

鎮坐在練習室的搭檔是否平安無事？這回比起期待，隆平更擔心起來了。

等等，剛才TOM是不是這樣說的？

『晚上九點，警察會正式解除警備。』

換句話說，這是不是意味著也有可能稍微提前？

隆平再也按捺不住，站了起來。如果練習室比預定更早開放，那就太好了，就算要到九點整才開放，再折回來就行了。

隆平離開自己的房間，往練習室的方向走。自家空間他瞭若指掌，卻走得小心翼翼，是為了提防不測的障礙物。以前他曾經絆到掉在地上的拖把。

即將經過客房前面時，室內傳出聲音：

『咱們就打開天窗說亮話吧。要是無謂地隱瞞，會給隆平添麻煩。』

『嗯？』

會給我添麻煩？

隆平停下腳步，注意聆聽房內傳出的聲音。說話的人毫無疑問是潮田和ＴＯＭ。屋子的房間牆壁都很厚，隔音效果很好，但沒有練習室那麼徹底。要是在室內交談，常人姑且不論，對於隆平這種聽覺敏銳的人，幾乎形同在旁邊說話。

『什麼打開天窗說亮話，我們向來不都是這樣嗎？我和潮田老師之間，應該沒有太多祕密。啊，離婚的老婆和過去交往過的女人，我是沒有交代啦。』

『你還在當錄音室樂手的時候，女人一個換一個，連穿好褲子的空檔都沒有，這傳聞我聽說過。』

『那是我的黑歷史，別提了。』

『走私模擬槍那件事，也是黑歷史嗎？』

『……我不知道你在說什麼。』

『不知道的話，我就讓你想起來。距今十一年前，剛好是你結束錄音室樂手的職涯，即將轉行做經紀人之前的事。』

『十一年前，已經是古早以前的往事了耶。』

『不要插話。當時發生過一起在娛樂界稍微轟動一時的案子。一個叫「小蜜」、往來於日本和歐美的錄音室樂手，因為持有模擬槍的嫌疑遭到警方逮捕。說是模擬槍，也是能發射子彈、具備殺傷力的玩意兒。事情曝光的原因很單純。英國的希斯洛機場全面實施行李安檢，輕易從小蜜的行李箱裡面找到了模擬槍。小蜜當場遭到逮捕，在當局的詢問中自承過去走私過好幾次模擬槍。』

『這我當然記得。我們同業之間，好陣子都拿那女人幹的蠢事當八卦。』

『要是沒有特別的狀況，小蜜攜帶的模擬槍應該會順利通過機場安檢。因為過去並不會把每一個行李箱都打開來檢查。』

『各國機場都不會幹這種麻煩事嘛。』

『當時時機不好，才剛發生過二〇〇五年的倫敦七七爆炸案，英國國內的機場全部進入警戒狀態，決定全面檢查乘客的隨身物品。因為如果有人在行李箱放入X光檢查不出來的塑膠炸彈托運，懷著自爆的覺悟搭機，根本無從防堵。小蜜藏在行李箱裡的模擬槍也是如此。一般手槍都是以碳鋼、不鏽鋼或鋁合金製作的，所以在X光之下無所遁形，但小蜜走私的手槍是樹脂製的，而且是拆開來的狀態，因此X光檢查不出來。對檢查的人來說，樹脂手槍也是新玩意兒，根本看不出來。』

『犯罪總是搶先執法一步。』

『我同意。那些樹脂手槍，是用現在已經完全不稀罕的３Ｄ列印機製作的。當時３Ｄ列印機一台要價數百萬圓，而且在日本還十分罕見。但模擬槍價格不到真槍的一半，是最適合窮黑道廉價購入的手槍。』

『劣幣逐良幣哪。不，拿來比喻這狀況不適合呢。』

『被逮捕的小蜜，在成為錄音室樂手之前，是樂團的一份子，負責鋼琴。而那支樂團的貝斯手就是你，TOM。』

一段沉默，但隆平也知道並不是談完了。

『……那支樂團很短命，只出了兩張專輯就解散了。那麼小眾的樂團你居然知道。』

『我查過經紀公司的名冊了。』

『你怎麼會想到要查？』

『等一下，我還沒說完。小蜜在供述中提到，她帶進日本國內的模擬槍並沒有直接交給黑道。這也是當然的。要是一回國就頻繁和黑道接頭，會被警方盯上。因此她想出了一個方法。「我要寄東西回家，但我經常不在家，可以先幫我收一下包裹嗎？」只要是音樂家夥伴，都知道小蜜常出國。大方的人一口答應，然後小蜜過幾天再去朋友家取貨，轉交給黑道。』

『這方法也太麻煩了。』

『嗯。可是這個方法的話，就不用在家裡放一堆模擬槍，十分安全。因為可以把音樂夥伴的家當成保管場所。聽到小蜜的供詞，警方徹底搜索了她的家人、朋友、熟人的住家，結果大豐收，從她寄過去的包裹當中查到幾十把模擬槍。但警方不認為已經全數扣押了，後來仍持之以恆地搜查。』

『你真清楚。不，有點清楚過頭了。』

『是刑警告訴我的。隆平和由布花女士自願前往警署時，刑警問我：「TOM山崎有沒有提過模擬槍的事？」』

『你怎麼回答？』

『我說你完全沒有提過什麼模擬槍，可是其實你說過。忘了是哪一次，我們和由布花女士三個人一起喝酒時，你喝醉了，說：「最近新聞報導有3D列印出來的手槍，未免慢上太多拍了。我超久以前就看過3D列印的手槍了。」』

『……你的記憶力也太可怕了。』

『我在跟刑警說話時，突然想起來的。』

『你有替我掩飾吧？』

『現在是隆平的關鍵時刻。我不可能在這個節骨眼讓你離開。』

『我欠你一次。』

『小蜜被逮捕那時候，也是你轉行當經紀人的時候，這真的是巧合嗎？』

『小蜜和黑道有關的傳聞一直都有。就算原本是同一個樂團的夥伴，要是跟那種人混在一起，總有一天火會燒到自己身上。那時候我也因為看不到繼續當錄音室樂手的未來，所以放棄了演奏。小蜜被逮捕，是後來又過了一陣子的時候。她是音樂家，我是其他藝人的經紀人，所以警方才沒查到我身上的樣子。沒有半個刑警上門來找我。』

『實際上，小蜜也寄了可疑包裹給你嗎？』

再次沉默。但這次的沉默很短暫。

『既然都說到這份上了，我就全部攤開來說了。沒錯，她也把模擬槍寄給我了。真是，因為曾經是樂團夥伴，就把我當方便的工具人。可是她也有莫名講道義的地方，好像完全沒有洩漏東西寄給了哪些人。』

『你知道包裹裡面裝的是模擬槍嗎？』

『看到她被逮捕的新聞，我心想不會吧，拆開來一看，還真的賓果了。』

『那把槍你怎麼處理？』

『我沒有交給警察。』

『為什麼？你不是怕火燒到身上？』

『理由有三點，第一個只是單純錯過了交出去的時機。我本來就不喜歡警察，所以也不打算主動協助。而且這樣會讓我覺得好像出賣了以前的夥伴。再來，說起來可笑，但我對手槍很感興趣。只要是男人，或多或少都會對槍枝感到好奇吧？』

潮田沒有回應。從他不否定的反應來看，應該是消極的肯定吧。

『第三點，我剛改行當經紀人的時候負責的偶像，遇到一個滿危險的跟蹤狂。那傢伙會寄剃刀或是殺害預告信，所以為了安全起見，我想要護身用的武器。』

『身上帶那種東西的經紀人，危險度也不遑多讓吧。』

『那是我改行當經紀人之後第一個負責的藝人，又遇上那種對象，所以有些亂了陣腳啦。』

『那，結果那把槍怎麼了？』

『還在我這裡。雖然時機已晚，但要是隨便處理，可能沒事惹來警方懷疑。』

『明明就有事吧。你到底收在哪裡？』

『我住的地方。藏在不是那麼隨便就找得到的地方。』

『拜託快點處理掉啊。』

『嗯。如果警方開始懷疑的話，還是處理掉比較聰明吧。』

對話就到此為止。

隆平趁著尚未被發現，悄悄離開客房前面。

原來如此。

警方知道十一年前的模擬槍事件，所以懷疑到TOM的頭上嗎？

他經過走廊，來到獨棟。

感覺不到警官的氣息。

隆平提心吊膽地踏進練習室。手伸向皮膚感覺已徹底掌握的位置，指頭觸摸到熟悉的物體。

啊，太好了。

你好好地在這裡等我呢。

隆平急著打開蓋子，溫柔地讓指頭沉入鍵盤。

第一個琴音傳至空中，在牆壁和天花板反彈回來，隆平總算覺得又活過來了。

隔天早上，隆平和由布花一起坐在餐桌旁。原本來說，公演第二天迫在眉睫，他應該會相當緊張，但昨晚TOM和藤並已經討論決定延期，因此他能夠平心靜氣。

但演奏會只延期了一星期。隆平必須在這一星期內恢復原本的水準，以萬全的狀態登台才行。

「沒問題嗎？」

用餐期間，由布花也擔心地問。

「沒問題——應該。昨晚我彈了一下，感覺好多了。雖然整整兩天都沒怎麼練習，但我會在這一星期內恢復水準。」

「加油。」

由布花的「加油」，聽起來有些難受。一定是在為她只能提供一部分的支持而感到歉疚。

明明沒什麼好在意的啊，隆平心想。

他不知道在其他的家庭，母親與孩子是如何相處。而且隆平置身的環境太不尋常了，無從比較起。但他總是對母親心懷感謝。

這時門鈴響了，告知有訪客上門。看到對講機影像，由布花厭煩地說：

「又是那些刑警。」

刑警再次登門，令人困擾，但又不能讓他們吃閉門羹，由布花離開餐桌。

玄關傳來由布花和長沼的問答。

「就算你們突然這樣說……」

「我們說過，會持續偵訊，直到得到滿意的回答為止。打擾了。」

「請等一下！」

「這是執行公務。」

「我叫你們等一下！」

雙方爭論的聲音往這裡靠近。

「打擾了，榊場先生。」

來到餐桌旁的長沼威嚇地說，隆平感覺出關澤也在一旁。

「啊，好像剛吃完飯。剛好，可以請你跟我們走一趟嗎？」

「又要偵訊嗎？」

「對，不過是以重要關係人身分。」

「有什麼不一樣嗎？」

「這次你沒辦法用練習當理由離開了。」

字裡行間聽得出強權的音色。

「上次偵訊時，我們說明你有除掉寺下的動機，而且在黑暗中也能瞄準對方開槍。也就是你有動機和方法。唯一缺少的就是凶器。你是如何弄到殺害寺下的手槍的？這一點遲遲沒有查出來。」

隆平有了不祥的預告。

「可是終於被我們找到了。你的經紀人ＴＯＭ山崎，他的朋友以前因為走私模擬槍被逮捕。你去過經紀人的住處好幾次對吧？」

這是在指控隆平那時候偷走了ＴＯＭ藏起來的模擬槍嗎？

隆平覺得這實在太牽強了，卻想不到合理的反駁。他正不知所措，被強勢抓住了胳膊。

「好了，起來吧。」

「隆平！啊，放開我！放開我！」

由布花似乎被關澤攔住了。

隆平無法反抗，硬是被拉了起來。

「幫你帶路的時候，要讓你抓住手肘對吧？那你抓好。如果你不願意跟我們一起走，那就很抱歉，只能強行把你拖走了。」

被強制拖行，會造成原始的恐懼。隆平無奈，只能抓住長沼的手肘，跟著他走。

一走出玄關，陽光便灑上肌膚。

自己要在天氣如此晴朗的日子被警察抓走嗎？

焦躁與不安讓心口一陣難受。

登時，隆平害怕到了極點，好想當場蹲下來。

然而下一秒，極為格格不入的聲音從天而降。

「好像正在忙呢。」

一聽到聲音，隆平立刻抬起頭來。

怎麼可能？他現在應該在歐洲啊！

但那毫無疑問是他的聲音。

「好久不見了，榊場先生。」

聲音的主人，是隆平過去在蕭邦鋼琴大賽決賽中較勁的鋼琴家——岬洋介。

IV

drammatico agitato

～戲劇性的激動～

ドラマティコ アジタート

1

隆平一時無法理解狀況。

「你怎麼會……」

「我收到你的訊息，要我為你指點迷津。」

「我昨晚才剛傳的耶？我還以為你還在歐洲……」

「我上個月剛回國。」

「告訴我一聲，我隨時都可以過去找你啊！」

「因為你就要舉辦全國巡演了嘛。」

考慮到隆平的行程而不願打擾，這樣的客氣確實很像他。

隆平有六年沒有見到岬了，但他的聲音一點都沒變，聽起來舒適悅耳，讓聽到的人自然地放下戒心。

「喂，先生。」

長沼插進兩人之間。

「請不要擋路。」

「你們要把榊場先生帶走嗎？」

「你是誰？」

「我是榊場先生的朋友，敝姓岬。榊場先生，方便的話，可以告訴我狀況嗎？」

自己淪為嫌犯的理由，隆平已經在訊息裡說明了。他補充經紀人以前的朋友因為走私模擬槍而被逮捕的新事實。

「我的經紀人以前的樂團夥伴曾經被警方逮捕，可是那都已經是超過十年前的事了。」

「岬先生是嗎？可以了吧？請讓開。要是再繼續礙事，會構成妨礙公務執行罪喔。」

「我並不想打擾刑警執勤，但這算得上帶走榊場先生的充分條件嗎？」

「什麼？」

「如果懷疑榊場先生使用模擬槍，應該必須先查明模擬槍從被逮捕的樂團夥伴落入經紀人手中，再從經紀人手中落入榊場先生手中的經緯。但樂團成員被逮捕是超過十年前的事，手槍的收受完全只是警方的臆測。」

「少在那裡囉哩叭唆的。」

「榊場先生，你委託辯護律師了嗎？」

「請了經紀公司的顧問律師。」

「這樣啊。已經簽了委任契約書那些嗎？」

「還沒。」

「你夠了沒！」

長沼似乎再也忍無可忍，逼近了岬。隆平忍不住放掉了抓住的手肘。

「如果你願意，我可以介紹一位百戰百勝的律師給你。他叫御子柴禮司。」

瞬間，長沼怔住了：

「你怎麼會知道御子柴？」

「我在某起案子請他擔任刑事辯護人。我想只要一通電話，他就會立刻趕來。」

「聽你那口氣，好像我們會被區區一名律師嚇倒一樣。」

「要是聽起來像這樣，我道歉。不過就算看在外行人眼中，你們的辦案手法也過度霸道了。一看就知道想用自白來填補缺乏的物證。御子柴律師的話，絕對不會放過程序上的瑕疵，這會讓檢方在法庭上陷入不利吧。」

片刻之間，劍拔弩張的沉默瀰漫全場。看不見的敵意扎刺著隆平的皮膚。這份敵意毫無疑問，一定是長沼和關澤散發出來的。

「我們不想來硬的。」

長沼換了副口氣。

「完全是請榊場先生自願跟我們一起來。」

「那，榊場先生也需要準備，可以給他一點時間嗎？他這麼出名，應該不可能試圖逃亡吧。」

「沒問題。我們會在櫻田門的警署大樓恭候大駕。」

聽到長沼和關澤的腳步聲朝大門遠離，隆平總算放下心來。

「你幫了大忙，岬先生。」

「不客氣。」

「隆平！」

由布花突然從後面抱了上來。

「幸好你沒被帶走。啊，謝謝你救了隆平……咦！難道你是決賽者之一的岬洋介先生？那個『五分鐘的奇蹟』的……」

由布花似乎這才發現對方是誰，發出錯愕的聲音。

「他說他上個月回國了。」

「天哪天哪天哪！啊，請別站在這種地方說話……」

由布花會慌成這樣，也是情有可原，但隆平還是忍不住覺得有些丟臉。

「榊場先生，可以讓我看看你的練習室嗎？我對那裡很感興趣。」

岬很自然地提出要求，但隆平登時理解了岬的用意。

「我也正想和你單獨聊聊。我帶你過去。」

只要強調「單獨聊聊」，由布花應該也會迴避。由布花果然也說「我去泡茶」，戀戀不捨地往主屋離開了。

隆平領頭，把岬帶往練習室。和別人在一起的時候，他總是只能跟著走，因此這時感受到一絲優越感。

「啊，這裡真是太棒了！」

一進房間，岬便發出稱讚與羨慕摻半的聲音。

「房間是五角形的，而且天花板有弧度。這裡的設計概念，是重現演奏表演廳嗎？」

「不愧是岬先生，一眼就看出來了。」

「如果是四方形的房間，受到牆壁反射的影響，高音的量感會參差不齊。所以聲音表現出色的表演廳，大多都是不規則形狀。不好意思，我出個聲。」

隆平正納悶岬要做什麼，聽見他拍了一下手。

清脆的「啪」一聲，化成豐盈的殘響包裹了隆平的全身。

「不出所料，聲音真棒。避免了顫動回音，殘響也很豐富。難道是模仿歐洲的教堂？」

「是的。去維也納的時候，我在聖斯德望主教座堂聽了演奏會，那裡的聲音真的太舒服了。」

「啊，那裡確實天花板很高，殘響也很長呢。」

說來現實，儘管被捲入殺人命案，但一談到鋼琴和音樂，隆平立刻聊得忘我。彼此都是鋼琴家，這樣的關係似乎讓兩人聊得更投機了。

「屍體倒在鋼琴旁邊對吧？」

岬唐突地換了話題。

「咦？啊，是的。」

「請告訴我發現屍體時的狀況。」

岬不管是聊鋼琴還是犯罪，語調都一樣。隆平雖然有些結巴，但仍然就記憶所及，把由布花描述的狀況、在偵訊室和長沼談過的內容，連寺下的手錶有他的指紋這件事都說出來了。

「從你的話聽來，搜查本部似乎把矛頭對準了你。在黑暗中也能瞄準目標開槍，考慮到這一點，你確實會受到懷疑，而且還有指紋這個物證。」

「用音像來掌握空間，這對我來說是天經地義的事啊。」

「要是把這段話 PO 上網路，會立刻招來十億單位的敵人喔。」

岬平靜地笑了一下，緊接著隆平感覺到近似恐懼的後悔。

因為自己不小心說出了對岬來說最嚴重的禁句。

雖然已經是六年前的事了，但對隆平來說恍如昨日。在他們打入決賽的蕭邦鋼琴大賽中，岬選擇了第一號鋼琴協奏曲。

對於岬的琴聲所展現的感情表現之廣闊，隆平感到畏懼。那與自己的差異是天壤之別，對其他決賽者來說也是一樣的吧。銳利與徐緩、激烈與優美，相互對立的情感釋放，牢牢地抓住了聽眾的靈魂，再也無法拒絕岬的琴聲。因為是直接刺激每個人心底都藏有的情感，因此無從逃避。聽到他的琴聲的時候，所有的決賽者應該都已經深信不疑，冠軍已是他的囊中物。

然而演奏途中發生了異變。鋼琴就要接過旋律的那一瞬間，岬的腦袋忽然劇烈地晃動了一下。從這一刻開始，岬的演奏完全亂了套，脫離交響樂團的伴奏，最後終於中斷了。

整場決賽，岬原本是最有希望奪冠的參賽者，最後卻甚至沒有得名，敗因就在這裡。因為狀況發生得太突然，隆平也感到混亂不解，但後來他從和岬要好的決賽選手楊．史蒂芬斯那裡得知了理由。

原來岬罹患了突發性耳聾。隆平傻住了，岬似乎帶著失聰這樣的不定時炸彈，參加了蕭邦鋼琴大賽。

對音樂家來說，聽覺疾病是致命傷。聽不見交響樂的聲音，就無法進行協奏。對自己演奏出來的樂音，也無法調整節奏和音量，因此也無法獨奏。

對際遇如此的岬誇示自己的聽覺敏銳，就像是對瘦巴巴的難民展示豪華晚餐。隆平對自己的不諳世事有自知之明，但是再怎麼不知世事的人，也明白嘲笑當事人憑努力無法扭轉的生理缺陷，是差勁透頂的行為。

隆平尋思該怎麼道歉，卻只能詛咒自己的詞彙貧乏。

「那個……對不起。」

「怎麼了嗎？」

「不管其他十億人怎麼樣，我只怕被你討厭。」

「誰會為了這種事討厭你啊？」

岬的聲音沒有一絲動搖。

「你的琴藝是獨一無二的。繆思女神和許多樂迷都愛著你，我沒有理由討厭這樣的你。如果你是在意我的聽力問題，那完全是迴力鏢吧。」

這不是任何人的責任，所以不怪任何人，也不自慚形穢。與生俱來的生理缺陷，就像是一種特質。岬一定也是一樣的想法。他所說的迴力鏢，就是這個意思吧。

「先不管這個，問題是寺下的手銬上有你的指紋。怎麼會沾到你的指紋，你心裡有數嗎？」

「完全沒有。」

「第一次接受寺下訪談時，你有沒有不小心碰到他的手銬？」

「我沒有印象。」

「這下頭痛了呢。」

然而岬的口氣聽起來不僅毫不困擾，甚至就像教師在等待學生的解答。

「為什麼會是你頭痛？不是要請那位叫御子柴的律師替我辯護嗎？」

「雖然我對刑警那樣說，但其實御子柴律師受了重傷，還在住院。」

聽到這話，隆平也傻眼了：

「原來你對刑警撒謊？」

「也不算撒謊啊。那位律師只要是為了當事人，就算坐輪椅也會趕來的。要是真的走投無路了，我還是會推薦御子柴律師擔任辯護人。」

岬會如此全面信賴的律師是個怎樣的人，隆平真的好奇萬分。但眼前的當務之急，是該如何擺脫警方的追查。

「等到被逮捕、起訴之後，才需要律師。現在沒辦法依靠御子柴律師的話，我們兩個自己來洗刷嫌疑就好了。」

隆平跟著點了點頭。鋼琴家調查命案，這聽了教人噴飯，但岬曾經在波蘭把他救出危機。

「而且期限迫在眉睫。全國巡演的第二場延到一星期以後對吧？也就是說，我們必須在這一星期之內證明你的清白。」

「一星期以內辦得到嗎？」

「從一開始就放棄的話，什麼都做不到了。就算遇到怎麼樣都彈不好的樂句，演奏家也必須在時間許可範圍內設法克服。」

雖然覺得演奏和調查命案不能相提並論，但奇妙的是，話從岬的口中說出來，就覺得有可能辦到。看來就如同他的琴聲，岬說的話具有鼓舞他人的力量。

「我可以問個問題嗎？」

「什麼問題？」

「在波蘭那時候也是，為什麼你要幫我？那個時候你應該忙著為決賽練習，現在也受到全世界的活動單位爭相邀請，更加忙碌，其實應該沒辦法悠哉地留在日本吧？然而為什麼……」

「理由很簡單，我希望你繼續彈琴。即使我沒辦法聽到，為了需要你的音樂的人，你必須繼續彈琴。」

岬的手輕輕地放到隆平的肩上。光是這點動作，就讓隆平放下心來。

「現在這瞬間，也有人為了不幸的際遇而哭泣。也有人被人際關係搞得疲憊不堪、油盡燈枯。也有人身陷模糊的不安和不滿，焦慮煩躁。音樂就是為了安慰、鼓勵這樣的人而存在的。你有演奏音樂的才華，和演奏音樂的使命。受到繆思所愛的人，獲得多大的恩寵，就有多大的使命和義務。你不這麼認為嗎？」

好半晌之間，隆平無法回話。他從來沒有為了別人或所謂的使命而演奏。他只是為了把腦中縈迴的旋律轉化為現實的琴音而拚命磨練技巧，除此之外，什麼都沒有想過。

坦白說，岬的哲學讓他感到拘束，但仍然具有吸引他的說服力。

「好了，我想在練習室確認的事都知道了。接下來我想跟你的經紀人談談。」

「他幾乎每天都會過來一趟。應該差不多要來了。」

從練習室移師到主屋客廳後，由布花立刻端茶過來。

「您在蕭邦鋼琴大賽的表現，真的讓我好感動。」

面對本人，可能讓由布花失去了自制，她稱讚個沒完沒了。只要經驗過一次就明白，一旦習慣了稱讚，聽到連串陳腐的讚賞，只會讓人感到吃不消。由布花老是埋怨這樣的行為，這時卻似乎完全拋到腦後了。

觀察岬的反應，岬不知道是否不喜歡受到稱讚，僅是含糊地應聲而已。隆平一下就尷尬起來，正打算要母親安靜時，ＴＯＭ終於來了。

「我接到由布花女士的通知，立刻衝過來了。沒想到居然能見到岬洋介先生！」

丟臉的是，連ＴＯＭ都有些興奮失態，隆平不由得苦笑。

「可是，您不是正在遠征歐洲舉辦演奏會嗎？」

隆平心想岬本人可能不好解釋，便代他說明。聽到聞名全世界的鋼琴家曾經在波蘭解救過隆平的危機，ＴＯＭ大為驚訝。

「那，這次您也是得知隆平陷入危機，所以趕過來了？」

「不，我只是看到公演延期的消息，擔心而過來看看。」

「不管怎麼樣，都謝謝您這麼關心隆平。」

「我聽說 ＴＯＭ先生也針對遇害的寺下做了各種調查。」

「算不上調查，只是打聽他的風評而已，他就是個如假包換的業界流氓。」

ＴＯＭ向岬說明以前也說過的寺下的惡形惡狀。

「雖然我不喜歡說死者壞話，但坦白說，寺下這樣的人從世上消失，應該不少人都鬆了一口氣。他就像個瘟神，但有一堆人比我們更恨他。」

「可是，警方似乎鎖定榊場先生是重要關係人。」

「隆平是時間最近的一個被害人，而且命案現場狀況那個樣子，隆平確實會引來最大的懷疑吧。」

ＴＯＭ短促地嘆了一口氣。

「仔細想想，在黑暗中精準射擊這種犯行，除非聽力絕佳，否則不可能辦到吧。

當然，就算凶手不是隆平，一定也擁有同等或是更好的聽力。這樣的人，全日本能有幾個？」

「或許前提根本就錯了呢。」

「什麼意思？」

「只是暫時有點想法而已，我就先不大放厥詞了。」

「要不要請我們的顧問律師一起來討論？」

聽到兩人的對話，隆平立刻提出異議：

「我覺得那是白費力氣。」

「可是隆平——」

「那個叫吉川的律師有點不可靠。」

從第一次見面，隆平就感覺不到吉川的幹勁。隆平對這件事當然也很不起勁，但是從吉川說話的語氣，他實在不認為她是個足以信賴的人。

「就算再怎麼不可靠，人家好歹也是律師啊。」

「比起頭銜，實際的能力更重要吧？讓一開始就不積極的人加入團隊，只會拖累整體表現。」

「那是交響樂團的情況吧？」

「是一樣的。吉川律師從未經手過命案辯護對吧？但岬先生曾經真的破解過命案，經驗值完全不同。」

「但如果完全把吉川律師撇在一旁，顧問的法律事務所也不會有好臉色吧。」

ＴＯＭ和隆平或潮田這樣的自雇工作者不同，是經紀公司的員工。站在他的立場，一定是希望避免打壞與經紀公司合作對象的關係。

「而且岬先生是知名鋼琴家，卻拜託他做這種偵探似的調查工作，實在太過意不去了。」

隆平覺得這很像恪守常識的ＴＯＭ會有的想法。但只要在近處聽過岬的演奏，就應該明白以常識這樣的尺度去看待岬，是沒有意義的。

「要是隨便刺激警方，被安上妨礙公務的罪名，反而會對岬先生造成麻煩。」

「岬先生才不會出那種紕漏。他在波蘭也搶先了警方的偵查呢。」

「榊場先生。」

意外的是，岬發出為難的聲音制止隆平。

「什麼搶先波蘭警方，這太誇大其詞了。」

「可是——」

「岬先生好意伸出援手，我們當然不會拒絕。但身為隆平的經紀人，我希望您能協助犯罪調查以外的部分。我明白這真的是不情之請，但若是您能答應，我們感激不盡。」

「你希望我幫忙什麼？」

「其實，發布第二場演奏會延期的消息後，退票狀況超乎預期。主辦單位十分擔心，也有人質疑曲目照現在這樣可以嗎？」

隆平第一次聽到這件事，相當吃驚。

「莫札特的曲子，我都已經練得很熟了，所以變更曲目也不是不可能的事，可是很少有其他曲子比得過那三首協奏曲的知名度啊。而且不就是為了讓不熟悉古典樂的聽眾也能盡情享受，才選了那三首曲子嗎？」

「不，那三首協奏曲，我們不打算更換全部或任何一首。因為這是我和隆平還有潮田老師考慮再三之後決定的選曲。我現在在想的，是專為第二場公演準備的追加曲目。」

回話的是隆平，ＴＯＭ卻依然對著岬說話。

「但安可曲的話，也已經預定好了啊。」

「不是安可曲，我在想，如果岬先生願意擔任驚喜嘉賓，那是最理想的。」

「我擔任嘉賓嗎？」

就連岬似乎也吃了一驚，聲音跳高起來。隆平比岬本人更要驚訝，難得一見地差點就要站起來。

「你突然說什麼啊，ＴＯＭ！」

驚愕之後，羞恥襲上心頭。

「沒頭沒腦，就叫人家當來賓……」

「可是你想想，隆平，打入蕭邦鋼琴大賽決賽的兩位知名鋼琴家連袂登台呢！光是想像，就教人興奮到不行啊！連業界的我都不知道岬先生回國的事，要是發布應該正遠征歐洲巡迴演奏的岬先生突然要在日本登台演奏的消息，絕對會引發轟動。再也不會有人退票，已經退票的空位，也會引發爭奪戰。公演第一天的印象也會徹底被改寫。」

「不說這幾年都泡在莫札特裡的我，要岬先生在這一星期以內練好一首曲子，對他太失禮了吧。」

「岬先生之前也是天天開演奏會吧？我想您的琴藝絕對沒有生疏吧？」

這個問題對鋼琴家也很失禮。就算是 TOM，隆平也無法容許這樣的冒失。

然而下一秒，隆平就悟出 TOM 的企圖了。就算為人有些輕薄，但 TOM 向來很懂得分際，不可能隨便就口無遮攔。

這是挑釁。

TOM 在挑釁岬，想要讓他答應擔任驚喜嘉賓。他覺得這是老江湖的 TOM 會想到的計謀。

但 TOM 誤會大了。

岬這個人才不會中了這種顯而易見的挑釁。

「這幾天我為了一些雜務，都沒有碰鋼琴，我沒這個自信。」

「怎麼會，岬先生這種水準的鋼琴家呢！」

「我只是個連獎都沒有得過的鋼琴家。」

挑釁對方，又連忙滅火的 TOM，真的是玩火自焚。

「如果能實現，那一定就像一場美夢。」

不曉得是否知道隆平的想法，連由布花都跑來附和。

「自從那『五分鐘的奇蹟』以後，岬先生甚至沒有回國。如果岬先生能站上舞台，那一定就像是一場凱旋演奏會。而且是與隆平共演，光是想像，我全身雞皮疙瘩都起來了。」

「岬先生，請別誤會了，剛才那只是我任性的提議。我明白這個請求很過分，但請您務必積極考慮一下。」

岬沒有回話。應該是為了避免留下話柄而沉默，但隆平擔心兩人會不會把它當成肯定。

「言歸正傳，我只是個鋼琴家，沒有警方那樣的辦案能力。但我認識一位傑出的律師，在正式委託他之前，可以先整理一下資訊。」

隆平感覺得到，岬的話讓ＴＯＭ和由布花恢復了冷靜。

「我是局外人，對命案和涉案人士的背景都並未充分掌握。我完全明白我這是多管閒事，但還請各位協助。」

2

意外的是，岬指名ＴＯＭ陪他行動。

「因為榊場先生應該想要盡快擁抱琴鍵。」

聽到這話，ＴＯＭ想問：「那離開鋼琴好幾天的您呢？」但刻意沒有說出口。因為他有太多其他想問的事。

本人說得自虐，但岬洋介是因為在蕭邦鋼琴大賽錯過得獎而名震全世界，極為罕見。外國甚至把他吹捧為「拋棄榮冠達成偉業的人」。當然，他身為鋼琴家的才華也出類拔萃，聽說在蕭邦鋼琴大賽的決賽，每個人都深信他一定是冠軍。

這麼說的ＴＯＭ，也是岬的琴藝俘虜之一。他曾經當過錄音室樂手，因此更清楚岬和其他眾多演奏者的差異。他只從錄影中欣賞過岬的演奏，但即使隔著螢幕，岬的與眾不同也歷然可見。

追根究柢，岬的琴藝，可以說是將作曲者的意志最大限度地翻譯成現代文。從巴哈、約梅利、海頓、莫札特這些古典派，到貝多芬、帕格尼尼、韋伯、舒伯特等這些浪漫派，岬將這些活在超過兩百年前的世界的音樂家傾注在樂譜中的意念，轉化為現實的琴音重現出來。當然，不只是正確地重現，還加上了岬自己的詮釋，但這不僅不會惹人反感，反而讓音樂的輪廓變得更加清晰。只要看到岬演奏時的表情就能輕易想像，除了天賦才華之外，其中更有著不懈的努力。坐在鋼琴前面的岬，和剛才面對自己和由布花時的溫和截然不同，甚至就像個衝鋒陷陣的勇猛士兵。在ＴＯＭ的意象中，腦中不斷地鳴奏著泛音的隆平就像莫札特，而宛如求道者般在自己的道路勇往直前的岬，就宛如貝多芬。

「那，您到底要去哪裡？」

ＴＯＭ看著坐在愛車副駕上的岬，感到無比驕傲。他甚至沒有想像過，自己的車子會有載到世界知名鋼琴家的一天。

「我想去見赤坂署的熊丸刑警。」

「第一個拜訪榊場家的生活安全課警察對吧？可是為什麼要去找他？」

「我已經從你那裡聽到遇害的寺下是個怎樣的人了，但如果是承辦刑警，應該會知道更詳盡的資訊。」

「可是，就算您是世界知名的鋼琴家，對於對古典樂沒興趣的警察來說，就只是普通民眾。就算我們突然去找他，他會願意回答我們的問題嗎？」

「所以我才會請ＴＯＭ先生陪同。」

原來如此。

熊丸拜訪榊場家的時候，ＴＯＭ也在場作證。

「你打算跟刑警談判？」

「請說是互惠互利。」

「這份膽識是在舞台上鍛鍊出來的嗎？若是這樣，真令人羨慕。隆平到現在心理素質還是很弱，一個失誤，就會讓他耿耿於懷個老半天。」

「榊場先生比別人更纖細啊。時隔六年見到他，我確定他一點都沒變。」

「是這樣沒錯，但是要在舞台上演奏超過兩小時，軟弱的心理素質，有可能變成阿基里斯腱。」

「膽量可以靠熟悉來克服。ＴＯＭ先生以前當過錄音室樂手，應該明白吧？」

確實是這樣沒錯。不管是怯場還是怕生，只要持續曝露在群眾的目光下，感覺就會漸漸變得麻木，最後每一個觀眾看起來都像南瓜。

被譽為天才的隆平唯一的弱點就是這個。因為看不到觀眾的臉，隆平會以耳朵和皮膚去感受表演廳裡瀰漫的氛圍、觀眾散發的狂熱和沉著、歡呼與叫罵等一切。如此一來，實在沒辦法把觀眾當成單純的南瓜看待。

「身體缺陷有時能成為武器，但這項武器由於十分強大，有時也會因此傷害到自己。」

「真辛苦呢。」

「但榊場先生從一出生就一直揹負著這樣的辛苦，值得驚嘆。」

「岬先生這樣的人，也會為什麼事情感到驚嘆嗎？」

你不也是這類奇蹟之人嗎？

蕭邦鋼琴大賽那件事以後，當時的巴基斯坦總統對岬表達謝意，這件事還記憶猶新。世上有哪名鋼琴家能透過短短五分鐘的演奏，就拯救了二十四條人命？

「我可以再問個問題嗎？」

「請說。」

「我聽說隆平傳訊息給您，向您求救。您會立刻趕來，也是眷顧他的繆思帶來的奇蹟嗎？」

「有些不同。」

岬微笑回答。

「我會做這種犯罪調查般的事，試圖洗刷榊場先生的嫌疑，是因為希望他能繼續彈琴，但這並不是我趕來的理由。」

「那是為什麼？」

「他時隔六年連絡了我。榊場先生不是會一時興起，或出於玩笑心態，就輕率這麼做的人。」

「只為了這個理由？」

「向朋友伸出援手，還需要更多的理由嗎？」

TOM不禁心弦震動。

岬彈奏的鋼琴固然激烈，但演奏者本人的性情比琴聲更要激烈。

「……岬先生。」

「是。」

「剛才我說的驚喜嘉賓的事，還是請您鄭重考慮一下。撇開生意考量，我實在很期盼能聽到您和隆平的合奏。」

兩人抵達赤坂署，在櫃台告知來意，被領至另一個房間。五分鐘後，熊丸現身了。

「好久不見了，經紀人先生。今天來是有何貴幹？」

「我想請教遇害的寺下的詳細背景。我是演藝經紀公司的人，所以經常聽到業界八卦，但消息實在不夠全面。警方的話，掌握到的情報範圍應該更廣吧。」

岬沒有報上姓名，ＴＯＭ朝他一瞥，只見他盯著熊丸的手。剛才他也這樣看著ＴＯＭ的手。看來他習慣在看對方的臉之前，先觀察對方的手。

「人都已經死了，你還想知道什麼？你不是週刊雜誌記者，反而是厭惡記者和他們的採訪吧？」

「搜查本部的刑警要求榊場隆平自願到警署接受偵訊。」

「這件事我聽說了。我們也接到與案情相關的詢問。」

「如果榊場被視為重要關係人，我身為經紀人，必須向公司報告他遭到懷疑的理由，還有寺下博之是個怎樣的人。」

「很抱歉，我們不能向關係人透露偵查內容。」

口吻雖然禮貌，卻有著拒絕對方一切要求的頑固。這也是當然的。這樣的反應都在ＴＯＭ的預料之中。

好了，這下要如何讓對方開口？ＴＯＭ正自尋思，熊丸的視線轉向了岬：

「而且，你旁邊這位先生是誰？」

「抱歉，介紹得晚了。他是隆平的朋友，岬洋介先生。」

「岬……？這個姓氏我有印象。東京高檢也有一位姓岬的次席檢察官，是你的親人嗎？」

岬聞言，眉頭一蹙：

「岬次席檢察官是家父。」

「什麼？」

這次換成熊丸臉色大變。

「怎麼不早說呢！」

ＴＯＭ也同感意外。他只知道岬身為鋼琴家的一面，因為這方面的成就過於輝煌，導致他對岬的出身背景沒什麼興趣。但他完全沒想到岬的父親居然是高等檢察廳的第二把交椅。他再次望向岬，覺得這個人真是高深莫測。

「原來次席檢察官的公子也是檢方人員嗎？」

「不，我是榊場先生的同行。」

「音樂家對命案感到好奇？」

「我怎麼樣都不認為榊場先生會殺人。」

「嫌犯的親友大部分都會這麼說。而且榊場先生雙眼失明，無法像健全人士一樣行動嘛。不過想想遇害的寺下的卑劣行狀，會覺得難怪他會有今天。就算是行動不便的老人家，只要知道他的惡行，就會想要除掉他。說難聽一點，就和消滅害蟲的感覺是一樣的。」

「我聽說他會合成假照片，恐嚇對方。」

「雖然他掛著自由記者的頭銜，但實際上恐嚇才是他的本行。他的被害人五花八門，從偶像、搞笑藝人、新聞評論員、常上電視的大學教授都有，但手法都一樣。他會捏造讓對方社會性死亡的照片或醜聞，再提出交易。其中也有些人態度強硬，不理會他，但是對寺下來說，釣魚一百次裡面，只要釣到一次就賺到了。他被發現死亡後，警方搜索他的住家，從扣押的電腦裡面發現數不清用來恐嚇的照片，以及多種影像加工軟體。」

可能是因為知道了岬的來歷，熊丸的口風變鬆了。這樣實在不曉得自己跟來有什麼意義。

「受到恐嚇、向警方報案的人，恐怕連全部受害人的一半都不到。大多都是吞下不合理的要求，以淚洗面。甚至有人為了支付巨額勒索，跑去借貸。也有人因此搞壞人際關係，陷入情緒不穩而引退。也有人因為被散播捏造的照片，放棄當偶像。榊場先生的情況，是在演奏會當中被妨礙演奏。這完全足以構成殺人動機吧。」

「你的意思是，榊場先生也是基於消滅害蟲的感覺而殺害了寺下嗎？」

「我沒有斷定，但就算是這樣，也是合情合理的事。寺下就是個如此恬不知恥的傢伙，甚至會把人逼上殺人的絕路。」

熊丸憤憤不平地說，接著空虛地笑了：

「我很想親手將他繩之以法，但現在已經辦不到了，總覺得有些失落啊。」

離開赤坂署的時候，噁心感和無常感讓ＴＯＭ整個人暴躁起來。雖說寺下已不在人世，但聽到他惡毒的行徑和被害人的苦境，教人心情鬱悶。

看看岬，他似乎正在沉思。

「下一站呢？」

「我想去寺下兜售他的企劃的春潮社。」

「和他打過交道的出版社會有別的情報嗎？」

「我覺得熊丸刑警告訴我們的資訊不夠充分。」

《週刊春潮》的編輯部位在樓層一隅。雖然人影稀疏，卻瀰漫著雜亂壅塞的氛圍。

「我是副總編志賀。」

他們告知來意後，突然就是副總編出面應對，請他們到會客室。

「啊，沒想到經紀人會親自過來。」

「我一向都是被追逐的對象嘛。」

即使想要端出紳士風範，ＴＯＭ還是忍不住酸了幾句。

對演藝經紀公司而言，《週刊春潮》稱得上是他們的不共戴天之敵。旗下藝人的醜事被揭發，被迫引退、改行的偶像和藝人不計其數。ＴＯＭ負責過的偶像也無法倖免。

同樣是娛樂媒體，也是形形色色，有些雜誌會刊登吹捧的報導，搞得宛如粉絲刊物，也有些雜誌埋頭追逐醜聞，把對象逼到召開道歉記者會的地步。其中《週刊春潮》更是極端，把藝人的品行問題當成和政治家貪污一樣嚴重的問題，擺出一副衛道之士的嘴臉報導。只要身而為人，就一定有弱點，也有醜陋的一面。就是隱藏了這些面向，才會出現憧憬、需要與文化。至少身在演藝圈的人，在撰寫報導的時候，或多或少都理解這一點。但唯獨《週刊春潮》，似乎只把藝人當成消耗品或玩具。

「你們知道記者寺下的事嗎？」

「當然知道，我們也嚇了一跳。上上個星期，他才帶了企劃來找編輯部，沒想到居然會陳屍在採訪對象的住家。」

「副總編看過企劃內容了嗎？」

「『兩年前震驚社會的全聾音樂家翻版』——寺下興匆匆地這麼說，起勁得很。他說如果這個消息是真的，別說日本古典音樂界了，連蕭邦鋼琴大賽都會被扯下水，發展成驚天醜聞。」

「這個消息有多大的可信度？」

「這是大消息，所以我們也必須步步為營。我們要求他拿出證據，但他堅持還不到揭露消息來源和細節的階段，要我們先等到他獨家訪談到本人之後再說。」

ＴＯＭ聽著，即使努力克制，還是愈來愈生氣。

「這種企劃你們也吞得下去？我身為榊場的經紀人，真的快氣炸了。」

這點程度的抗議還在容許範圍內吧。ＴＯＭ懷著這樣的心思埋怨，相對地，志賀的神情憂鬱地暗了下來：

「我能體會你的心情。我提出忠告，說老是刊登這類醜聞，《週刊春潮》很快就會被正派的讀者所唾棄，但可悲的是，雜誌掌握在總編手裡，副總編就只是個虛位，毫無發言權可言。」

「《週刊春潮》居然會聘請那種下作的記者，我真的很吃驚。」

「如果都是些正經八百的內容，週刊賣不出去。還是得摻雜一兩篇下流的內容才行。」

志賀自嘲地笑了。

「需要特別醜陋不堪的內容時，我們都一定會找寺下。這是總編說的，他說讓品性下流的人寫下流題材，就會變成醜惡到不堪入目的內容。然後，就是因為有許多讀者熱愛邊皺眉頭邊看這類內容，雜誌的命脈才能保住。」

窩囊到了爐火純青的地步，實在不像是裝出來的。原來報導的一方，也有自己的糾葛和掙扎嗎？

「對了，經紀人旁邊這位，難不成是鋼琴家岬洋介先生？」

「抱歉自我介紹得晚了。」岬行了個禮說。

TOM從剛才一路觀察，發現岬似乎格外厭惡受到讚揚或是特別待遇。

TOM防備志賀一定會大驚小怪，他的反應卻出人意表：

「我記得你現在應該是在歐洲巡演的期間吧？沒有公開宣揚歸國，像這樣來到敝出版社，我可以解讀為是祕密歸國嗎？」

雖然身處密室，志賀卻壓低了聲音，彷彿害怕被聽到。志賀雖然沒有發言權，但似乎是個懂得節度的人。

「兩位打聽寺下的事，到底是為了什麼？」

「我的朋友被捲入命案。」

隆平被警方要求自願配合問訊的事尚未公開，不說出隆平的名字才是穩當的做法吧。問題是惡名昭彰的《週刊春潮》副總編有可能刺探隱情。

「我想為朋友洗刷嫌疑，所以採取行動。現在我們正在四處打聽死者的為人。」

「為人？他比較像是寄生蟲吧。」

志賀完全不掩飾他個人對寺下的厭惡。

「他標榜擅長揭露醜聞，卻又誇口說沒有醜聞，自己製造就行了。光是我聽到的範圍內，他就兜售了相當大量的假新聞。這樣說是不太好聽，但雜誌也是有格調的，大部分都會採取謹慎的態度，但不擇手段只想衝銷量的雜誌，明知道是假新聞也會買。因此也有不少藝人和偶像飽受折磨。」

志賀開始列出受害實例。有一半就和ＴＯＭ聽說的一樣，但仍有一半是初次耳聞。

「寺下所經之處，是屍橫遍野啊。」

「我聽說也真的有人被他害死了。」

「是一個叫窪寺美由紀的新星藝人。她在演技方面確實備受期待，卻被散播曾經做過特種行業的假消息。寺下宣稱酒店小姐介紹欄有她的合成照片就是證據。現在來看，那是很粗糙的合成照，但也有不少人信以為真。照片在網路上散播開來，導致她原本決定要演出的連續劇被取消，曝光都被封殺了。最後她跳軌自殺了。」

岬的臉罩上了陰影。那表情與其說是憎恨，更像是在承受著痛楚。

「窪寺小姐的家人沒有控告寺下嗎？」

「當時還沒有查出網路貼文者並提告的一套做法。直到最近，才終於有勇氣十足的受害人要求揭露貼文者的資訊，但光是要查出身分，就需要長達半年的時間。」

「窪寺小姐是什麼時候過世的？」

「我記得是前年的事。」

雖然TOM早就聽說過這件事，但是從志賀口中聽到，還是教人作嘔。儘管這樣說或許會有人聽了皺眉，但這世上有些人比起活著，死了更有貢獻。

「聽了就很不舒服對吧？我也覺得非常噁心。因為我們明知道寺下是什麼人，卻為了方便而買他的稿。」

不知不覺間，ＴＯＭ發現自己對志賀感到親近。在演藝圈，隨時隨地都有聚光燈在照射，但光線愈強，陰影也就愈濃。自己和志賀儘管蔑視著那些陰影，卻也只能默認它。

離開春潮社後，岬的表情依然沒有恢復晴朗。

「要不要去吃個飯，轉換一下心情？我知道幾家不錯的餐廳。」

「你的好意我心領了。我和榊場先生一樣，離開鋼琴太久，就會覺得坐立難安。」

「原來不是聽到寺下的事，失去胃口啊。」

「他也是被害人啊。」

岬的視線對著車子的行進方向。

「沒有人會自願一頭栽進泥沼裡，也沒有人會想要主動躲藏在黑暗中。」

「難不成您要替那種人開脫？」

「每個人一開始應該都是懷抱著希望和理想投身各自的世界的。但並不是所有的人都能夠筆直地走下去，也有人會誤入歧途，或是停留在原地。那些一度迷失了光明而走錯路的人，我對他們感同身受。」

3

打開自動販賣機買來的咖啡，在自己的座位灌上一大口，一口氣自然而然地吁出口中。一起案子總算結束，他自覺這個嘆息就像是句點。

犬養隼人將疲憊的身體靠在椅背上，仰望天花板。刑警手頭上隨時都有多起案子要處理，就算一個案子解決了，立刻又得追查另一起案子。每天就是這樣反覆，連喘息的空檔都沒有。雖然他每星期都一定會去探訪病榻上的女兒一次，但除此之外，經常連澡都不洗，一回到家就只是睡得像灘爛泥。

然而他遇上了奇蹟。

最近追查的一起案子，嫌犯比預期中更快就落網了。在偵訊中也輕易招供，因此警方立刻發動逮捕，當天就移送檢方，火速破案。不知不覺間，其他案子也已經解決，居然讓他有了手上幾乎沒案子的瞬間。

不必查案，只需要整理報告。只有舒適的疲憊感，他享受著無所事事的百無聊賴。搭檔高千穗還沒有回來，所以也沒有人來吵他。

久違地早點回家嗎？這個念頭一瞬間掠過腦中，但就算回去獨居的住處，也沒有任何安慰人心的事物。既然如此，待在熟悉的廉價餐館啜點小酒，這樣的淒涼才適合自己。

正當犬養準備起身，桌上的電話響了。是一樓櫃台打來的。

我就知道。

他在內心咂了一下舌頭，接起話筒。

「喂，搜查一課。」

『犬養先生外找。』

犬養反射性地看手錶。晚上八點二分。這種時間，到底是誰？有什麼事？

『是一位叫岬洋介的先生。』

「怎麼不早說？」

犬養一掛斷電話，立刻衝向一樓。

「抱歉在你忙碌的時候打擾。」

岬站在櫃台前面。

「你還在日本嗎？我還以為你已經出國去了。」

「那邊的行程全都取消了。」

「總之，別站著說話。」

他把岬帶進一樓角落的房間。難得見面，他想好好促膝長談。

坐下來之後，岬仍恭敬地行禮：

「謝謝犬養刑警前些日子在法庭上的協助。多虧了犬養刑警，我的朋友才能獲釋。」

「只是上台說了一點往事而已，不算什麼。」

上個月，犬養依岬的請求站上證人台。這是犬養第一次為不是自己經手的案子作證，但他希望能讓轟動社會的審判盡快落幕，因此欣然答應。由於犬養的證詞，岬的朋友獲判無罪，因此犬養也能懷著爽快的心情閱讀報上的這則新聞。

「親生父子在法庭上一決雌雄，這可不是隨便就能看到的戲碼。我也看得很痛快，所以算是扯平了。」

但是和岬聊天就覺得舒服，理由不光是這樣而已。奇妙的是，只要和岬交談，心情就會舒緩下來。由於職業關係，犬養幾乎天天都和卑劣的嫌犯打交道。而嫌犯不卑劣的情況，案件的樣貌不是醜惡就是悲慘，教人憤慨不平。

犯罪會造成不幸，但犯罪也是源自於不幸。因此即使案子解決了，比起喜悅，留下更多的卻是空虛。失去的事物絕對不會再回來，涉案人士必須懷抱著心傷繼續走下去。破案就像是卸下了背上的重擔之一而已。

但岬介入的案子，樣貌卻有些不同。涉案人大多就像是被取下了桎梏，走出法院的時候，每個人的表情就彷彿聽完了一場精彩的演奏。

這應該不能歸因為岬是音樂家的關係，但比起罪與罰，感覺岬更追求人們的心靈平靜。比起憤怒和斷罪，他更以赦免和救濟為優先。這是犬養所沒有的資質，因此更讓他倍感清新。

「之前的那個被告，現在怎麼了？」

「已經回歸職場了。他重啟審判期間中斷的工作，但抱怨說忙著整理文件，遲遲沒辦法進行偵查。」

「檢察官這麼忙碌，這世道還真是糟糕。對了，你今天來是……？」

「我想拜託你一件麻煩事。」

「又要我上證人台了？」

「不只是站著而已，可能得請你四處奔波。你知道發生在等等力住宅區的記者命案嗎？」

「今天早上才剛開過偵查會議。」

寺下博之命案由桐島班負責。當時犬養在忙別的案子，由桐島班的長沼前往現場，因此在偵查方面，犬養並非主導，而是轉為後方支援。

「被害人的風評好像很差呢。轄區有許多演藝經紀公司的赤坂署之前接到很多報案，甚至有人說被害人死了活該。」

犬養說著，回想起長沼提到榊場隆平這名鋼琴家也是重要關係人。

原來是這麼回事嗎？

「關係人之一，是在蕭邦鋼琴大賽決賽和你競爭的鋼琴家是吧？」

「屍體在他的練習室被發現，他蒙上嫌疑是當然的。」

看來岬已經從榊場本人那裡聽說命案詳情了。

「和上次一樣，你又要拯救朋友的危機嗎？」

「我相信榊場先生是清白的。」

「相信朋友的清白是好事，但你只是個局外人，我不能隨便把偵查情報洩漏給你。就連聽你的要求行事，都大有問題。」

「這不是要求，是懇求。」

「都是一樣的吧？」

「那麼，用國民義務這個名目怎麼樣？我想到了兩、三個線索。」

「我就猜是這樣。」

若是一般民眾說這種話，實在可疑到家，但這話從岬的口中說出來，頓時可信度十足。因為這個人沒有一絲誇張或虛假。

「你說的線索，已經告訴搜查本部的人了嗎？」

「犬養先生是第一個。」

「為什麼選中我？」

「因為你是能一個人行動的刑警，實際上應該也是一個人行動。」

「不要把人說得像是遭到排擠一樣。警方辦事是有規矩的。」

「我認為遭到排擠並不一定是壞事，也不認為規矩有多重要。」

「這是因為你是能一個人演奏曲子的鋼琴家吧？」

犬養這麼指出，岬瞬間愣住，彷彿被殺個措手不及。

「有道理，或許真是如此。而且合奏與獨奏的困難之處完全不同呢。但也有共通之處。」

「都一樣是音樂。」

「對。不管是單獨調查還是合作調查，都一樣是在追求真相，不是嗎？」

總覺得有些強詞奪理，卻奇妙地令人信服。用不著岬來說，解開枷鎖，犬養能行動得更為機敏。不管他如何恣意奔跑，只要最後叼著獵物回來，就不會有人說話。或許是會在背後受到批評，但就算安分守己，也一樣會被說話。

「不是我請犬養先生行動，而是提供情報，若是這樣的名目，警方應該也能接受吧？雖然對犬養先生來說，名目完全不重要。」

「可以具體說明一下你說的線索嗎？」

「我想到就算不是榊場先生，也能在黑暗中精確射擊的方法。」

聽到岬的說明，犬養低吟起來。

確實，照岬的說法是有可能的。這麼單純的事，怎麼都沒人發現？

「我看出你想說什麼了。也就是要我進行住宅搜索那些，找到物證是吧？」

「不好意思。」

「至少這不是鋼琴家能做到的事。」

「解剖報告出來了嗎？」

「報告很奇妙。」

犬養說出在偵查會議上公布的內容。說完後他才想起岬是外人，但為時已晚。

「氣死人，我怎麼這麼蠢，糊里糊塗全說出來了。」

寺下中槍的兩發子彈從體內取出了。由於外傷呈現星型裂傷，推斷幾乎是接觸型槍傷，但子彈卻沒有貫穿，原因出在它的形狀。

比起穿透，子彈留在體內的殺傷力更大。因為留在體內，發射能量會轉換為對內臟器官的破壞力。因此威力比步槍更小的手槍，子彈經過一番設計，盡可能使其不會貫穿人體。其中一例，就是子彈設計成在射入人體的時候，前端會膨脹或是炸開。美國聯邦彈藥公司的 Hydra-Shok 子彈，稱得上其中的代表。

寺下身中的子彈也不例外，前端完全炸開了。可以推測出開槍者的目的是致人於死，而非削弱對方的抵抗力。

問題是膛線痕。

讓飛行物體旋轉，可以提高命中率。因此槍炮廠商會使用切割、鍛造、電解等手法及器械，在管膛內部製造螺旋狀膛線。各家手法和技術各異，溝條的數目、深度和寬度等亦微妙地不同，因此只要掌握差異，就能查出子彈的製造廠商和擊發的槍械。換句話說，膛線痕就像是槍的指紋。

然而從寺下體內取出的兩發子彈，卻難以查出來源。鑑識課用比較顯微鏡以千分之一毫米單位對子彈上的膛線痕進行分析，但不僅是不符合資料庫裡保存的過去槍枝，也不符合任何一家廠商的特徵。

「鑑識說，應該是改造手槍。因為這年頭，用 3D 列印，什麼鬼東西都做得出來，風險也比從可疑途徑購買要小得多。雖然若是問到槍枝本身的品質，不能說全是有利無弊啦。」

「如果是私造手槍，絕對會留下製造的痕跡。只要找到那些痕跡，就會成為不動如山的證據。」

「如果凶手是會在房間留下痕跡的粗心傢伙就好了。」

「凶手非常精明。但愈是精明的人，愈容易犯下粗心的疏失。」

岬這番話符合犬養的經驗，他完全同意。

「那，你要怎麼做？」

「我想要準備一個舞台。」

「舞台？什麼舞台？你又要以特別辯護人的身分站上法庭嗎？」

「法庭我已經受夠了。」

岬的表情真的很排斥。

「我覺得你表現得有模有樣啊。」

「我想站上的不是法庭，是別的地方。」

「到底是什麼舞台？」

「如同字面所說的舞台。」

岬行了個禮，離開房間了。只看他的言行舉止，實在不像是世界知名的鋼琴家，就只是個隨處可見的普通爽朗青年。

不，一點都不隨處可見嗎？

他把非比尋常的眾多才華，幾乎都用在療癒、拯救他人。即使有些強勢，也讓人忍不住包容，一定是因為看得出他深處這樣的本色。

晚了幾拍，犬養也離開房間。去熟悉的餐館喝個一杯的計畫告吹了。

4

隆平彈完第二十三號協奏曲，雙手離開琴鍵，大大地吁了一口氣。光是第二十三號，全部的樂章就超過二十五分鐘，毫不休止地彈動十指，相當耗費體力。必需慎重考慮耐力分配，而且需要細膩處理的地方都必須完全掌控。一邊演奏，一邊不斷地思考接下來的關卡要如何克服。隆平的特技是能夠精確無比地重現輸入腦中的樂曲，但這需要持續力和瞬間爆發力。隆平自己沒有跑過田徑，但中長跑是否就類似這種感覺？

這時有人敲門了。會等到演奏告一段落才進入練習室，一定是瞭解狀況的人。

「我進來了。」

客氣地出聲的人是岬。

「不好意思晚上來打擾。」

「這時間一點都不晚。岬先生在練習的時候也是一樣吧？」

「健康管理也是工作的一部分啊。雖然你焦急的心情我可以理解。」

「剛才家母和ＴＯＭ對你失禮了。尤其是ＴＯＭ。」

「他們是為了你才會那樣說。我覺得ＴＯＭ先生身為經紀人，是不可多得的人才。不好意思。」

岬把附近的椅子拉過來坐下。出聲的位置和隆平齊平，所以隆平一下子就聽出來了。

「你和ＴＯＭ去哪裡了？」

「我們去了很多地方。都是和音樂無關的地方，我有些累了。」

想到岬果然是自己的同類，隆平開心起來。自己活在聲音的世界，因此若是長時間沒有旋律，就會漸漸坐立不安起來。擁有絕對音感也不是那麼美好的事，會在無意識之中把日常生活的聲音和環境音變換成音階，因此刺耳得不得了。螢光燈發出的高頻音最令人難忍，聽的時間一久，就會忍不住想要逃離。

「有什麼發現嗎？」

「雖然還很模糊，但我覺得似乎掌握了全貌。就像是樂曲的構想吧。接下來才要進入各個樂句的分析。」

「也知道凶手是誰了嗎？」

「你不用在乎這些。不，你應該沒心思去管這些吧？我剛才在練習室外面聽你練琴，一聽就知道你在焦急。」

「瞞不過同行的耳朵呢。」

「三首協奏曲就焦急成這樣的話，我可傷腦筋了。」

「為什麼？」

「你忘了嗎？你的經紀人請我臨時參加。」

「請忘了這件事吧。」

隆平就像要打斷岬似地道歉說。

「岬先生忙著為我調查，還要你擔任嘉賓演奏，這實在太得寸進尺了。」

「我倒是很有興趣。」

「咦！」

「我原本預定的工作全部取消了。雖然回國了，但也沒有公開演奏的預定。雖然工作都吹了，但剛好ＴＯＭ先生開口邀請，算是天賜良機啊。」

「真的可以嗎？我個人是再開心不過……」

「如果太久不公開演奏，到時會很難找回手感，這才是最教人困擾的。」

這話隆平也能理解。每天練習就能深刻體認，若是蹺掉一天，就得花上一星期左右才能恢復原本的水準。

「謝謝！ＴＯＭ和家母也會很開心，但我才是最開心的！」

這是毫無矯飾的真心話。自從在蕭邦鋼琴大賽聽到岬的演奏以後，隆平就成了岬的粉絲。與自己截然不同的風格、從未體驗過的琴藝，甚至讓隆平感到震撼。他一直祈禱哪天能在近處聆聽岬演奏，沒想到意外地提早實現了。

「不過呢，榊場先生，現在再對曲目進行重大變更有困難，所以我希望表演安可曲程度的短曲就好了。」

「雖然很可惜，不過我同意。」

「我想了一下，莫札特的〈雙鋼琴協奏曲〉如何？」

隆平忍不住差點歡呼。這個選曲，完全是美夢成真。

〈雙鋼琴協奏曲〉的正式名稱是「降E大調第十號鋼琴協奏曲 K.365」，據傳是莫札特為了在薩爾茲堡老家舉行的演奏會中，和姊姊南妮兒協奏而作的曲子。雖然還有在後來重新編曲為雙鋼琴樂譜的「F大調三鋼琴鋼琴協奏曲 K.242」，但〈雙鋼琴協奏曲〉從一開始就是為了兩台鋼琴協奏而作曲。

這段時期的莫札特正處於人生谷底。雖然離開父親身邊，享受到自由，卻在旅途中失去母親，還被心上人拋棄，莫札特懷著一顆破碎的心回到故鄉。與充滿刺激的都會相比，無事可做的鄉間對莫札特來說，也是失意者飄零的終點。灰頭土臉地回到薩爾茲堡後，莫札特第一首完成的就是這部協奏曲，但內容卻明朗快活，充滿了喜悅，是一首將神童莫札特的特色發揮得淋漓盡致的曲子，也是隆平心愛的曲子之一。

能夠和岬協奏這首心愛的曲子，世上還有比這更幸福的事嗎？

「不過安可曲長度的話，感覺只能彈個第一樂章。可以嗎？榊場先生？」

「這首曲子我有時候也會彈，就算現在開始練習，應該也完全沒問題。」

「那我得暫時專心練琴才行了。因為必須齊奏，也需要兩個人一起練習的場所。」

「那，請TOM向演奏會會場的東京文化會館交涉怎麼樣？如果岬先生願意登台，舞台監督一定會全力協助。」

「那就太好了。不過不管到時候以什麼形式練習，有件事都得先弄清楚。這件事必須請教你本人才能解決。」

「是什麼事？」

「你為什麼撒謊？」

V

quieto coda

～寂靜的結束～

クイエート コーダ

1

岬洋介將在全國巡演第二天擔任嘉賓演出的消息一公布，古典樂界立刻陷入沸騰。原本直到前一天都還陸續有人退票，現在購票網站卻再次湧入搶票人潮，伺服器一眨眼就當掉了。

由於只有少數人知道岬回國這件事，因此突然的消息也引發假新聞的懷疑，但隆平和岬的合照公開在官網後，質疑的聲音也消失了。

請東京文化會館提供練習場地一事，如同隆平的預料，藤並二話不說立刻答應。

「天哪！沒想到榊場先生還有這個祕密武器！」

現身排演的藤並一看到岬，立刻衝了過來。

「您在蕭邦鋼琴大賽的活躍，我同為日本人，真是太感動了！」

岬的表情就像在說「幸好日本沒有握手的習慣」。

「您選擇敝館做為值得紀念的第一場回國凱旋公演，敝館不勝榮幸。」

「哪裡，這是榊場先生的演奏會，我只是壽司旁邊點綴的綠葉而已。」

岬愈是嚴肅地說，藤並就愈是解讀為謙虛，眉開眼笑。

「託您的福，就在剛剛，所有的門票銷售一空了。啊，當然您要求的四個貴賓席，我們確實保留了。」

「謝謝您的安排。」

接下來藤並也對岬本人讚不絕口。岬雖然保持笑容，眼神卻顯得呆滯。

藤並盡情抒發之後離開，接著矢崎由香里登場了。

「我是指揮矢崎由香里。」

令人傻眼的是，連她都在岬的面前緊張兮兮。

「交響樂的成員都很期待和岬先生協奏。當然我也是。」

「不敢當。」

「那個，我聽到您在決賽演奏的夜曲，真的好感動……」

啊，矢崎由香里也是自己的同類嗎？

由布花在舞台旁邊看著這一幕，沉浸在感慨裡。矢崎由香里是備受矚目的新銳指揮家，但是在岬的面前，卻變回了單純的粉絲，令人莞爾。

至於心愛的兒子，他似乎聽出了岬不知所措的反應，臉上掛著賊笑。如果他已經擺脫了公演延期的壓力，那就太好了。

隆平的心理素質不夠堅強，這一點經常被指出來。隆平年幼的時候，由布花也想過自己身為母親，必須幫他矯正過來，但一想到隆平的際遇，又因為憐憫而狠不下心。後來潮田主動上門指導隆平，多少有了一些改善，但看到隆平努力的模樣，她現在仍會心疼不已。

有人說她這樣是過度保護。聽到「過度保護」這個詞，她反射性地感到排斥，但隨即轉念，覺得稍微想想就知道這是當然的。

隆平的眼睛看不見。如果孩子有身體上的障礙，母親變得過度保護，這一點都不為過吧？站在外人的角度，要怎麼批評都可以。但由布花的立場，只有由布花才能理解。

潮田說，心理素質不夠堅強，只能靠熟悉來克服。像這樣看到舞台上的隆平，由布花真切地覺得潮田說的是對的。而且這次還有岬幫忙擔任 Secondo（第二鋼琴）。對於過去幾乎都是一個人獨奏的隆平來說，這絕對是絕無僅有向上提升的機會。

說到兩個人合奏一首曲子，對古典音樂不熟悉的人，第一個會想到的似乎是四手聯彈。但聯彈和兩台鋼琴合奏，是完全不同的兩回事。

聯彈由 Primo（第一鋼琴）擔任高音部，Secondo 負責低音部。也就是兩人分擔彈奏一首曲子。獨奏的時候，右手彈主旋律，左手伴奏，旋律自然清楚明確，伴奏的音量則較為收斂。因此聯彈的時候，Primo 的彈法與獨奏時相同，但 Secondo 的彈法卻是強調伴奏。

相對地，兩台鋼琴就沒有這樣的束縛。雖然有主旋律與伴奏的分擔，但雙方都是運用雙手，彈奏整台鋼琴，因此兩台鋼琴的音量重疊起來，聲勢驚人。聯彈就像是兩人合作，但兩台鋼琴就像是彼此較勁。

不過彈奏兩台鋼琴，也有它的困難之處，和聯彈不同，看不到對方的運指，也無法在近旁聽到琴音，因此要對上彼此的節拍，也更形困難。

不過隆平和岬搭檔的話，不必擔心這一點。隆平出類拔萃的聽力是掛保證的，而岬合奏的感性也卓越超群。由布花參加過兩人第一次合音，當時她便從兩人的鋼琴感受到確實的親和性。

「都這把年紀了，卻忍不住好興奮呢。」

站在由布花旁邊的潮田難掩興奮地說。

「潮田老師也是嗎？我也是，現在就好期待兩人的合奏呢。」

「哦，這也是之一，但我期待的是隆平的成長。」

潮田的眼睛一直注視著隆平。

「隆平能一路走到今天，是因為他的琴藝獨特，排斥了其他人的風格。透過傳統方式學習鋼琴技術的人，終究都一樣平庸。平凡的鋼琴教室教育出來的學生，都被硬邦邦的框架限制住，突破力也被壓抑了。而隆平就像是野生的鋼琴家，沒有傳統技術和框架，因此能夠凌駕他們。」

潮田的說法完全令人信服。從第一場發表會開始，隆平顯然就異於他人。與障礙的有無無關，而是他彈奏出來的琴音無比地自由奔放。相較之下，鋼琴教室教出來的小孩彈出來的琴音，每一個都中規中矩，換句話說，聽了只覺無趣。

「但因為沒有一套既存的技術，遇到瓶頸時，也難以找到應變之法。實際上，隆平因為心理素質的脆弱，控制能力也來到界限了。巡演第一天的失常，如實地反映出他這樣的弱點。」

「他本來就很纖細。」

「他只需要在鋼琴方面纖細就夠了。」

一談到鋼琴，潮田就變得嚴格。

「坦白說，我一直在苦思，要怎麼樣才能讓隆平更上一層樓。答案其實很簡單，只要有一個與他同等或是更強的對手就行了。請看，接下來要演奏的是光靠自己一個人的技巧無法控制的兩台鋼琴，隆平的表情卻絲毫不擔心，反而一副無比期待的樣子。」

由布花也有同感。正式上台時怎麼樣不知道，但她從來沒看過隆平在排演階段神情如此燦爛。

「我再次為岬先生的適應力感到佩服。過去也有不少人挑戰和隆平聯彈，我也是其中之一，但從來沒有一個人能夠和隆平同調。不，罕見地有時也會有毫無破綻的演奏，但那是因為隆平勉強壓抑自己的表現，配合對方。當然，綜合起來的表現，最後是一加一結果連二都不到。這樣協奏就沒有意義了。然而岬先生的鋼琴卻可以讓隆平自由高歌。隆平衝刺，岬先生就能確實地跟上，若是隆平快衝過頭了，就立刻掌控低音域拉住他。這實在不像是第一次合奏。」

「是兩人特別投合嗎？」

「這應該也是原因之一，但我認為還是岬先生的支配力使然。支配力並不全是壓抑對方，也要看能引出多少對方的能力。一言以蔽之，岬先生的鋼琴，能把絕大部分的風格運用自如。」

「我不是很懂。」

「他演奏的幅度，或者說格局，異常地巨大。所以即使是隆平這種特異的鋼琴風格，也能輕鬆應對。二〇二〇年的蕭邦鋼琴大賽他錯失大獎，實在太可惜了。如果那時候的岬先生狀況萬全，絕對能有兩位日本人名列榜上。」

潮田萬分惋惜地撇下嘴角。

「明天的正式演出，只有短短十分鐘的共演，但只要成功，隆平必定能更上一層樓。我這麼相信。」

由布花默默地點頭。這陣子壞事連連，但到了最後關頭，風向終於改變了。明天的正式登台，或許能見到隆平的新樣貌。

期待讓由布花的心雀躍不已。

正午過後，排演暫時休息。交響樂成員各自找地方休息，隆平和岬則在藤並安排下，各別有一間休息室。

由布花帶著目黑朋園的便當前往岬的休息室。想想岬對隆平的付出，居然請人家吃外賣便當，教人慚愧，但現在由布花只想得到這點回報。

她敲了敲門，門內立刻傳來回應。

「打擾了。」

岬坐在椅子上，一雙眼睛閉著。一副剛剛才從冥想中醒來的神情。

「如果不嫌棄的話，我準備了便當。」

「啊，真不好意思。」

瞬間，岬睜開雙眼，特意站起來恭敬地領取便當。

「大小事都麻煩您張羅了，真是過意不去。」

這個人到底是什麼來頭？

他是全世界的主辦單位爭相邀請的寵兒，卻為了一個便當就如此客氣。若說只是他特別有禮貌，那也就這樣了，但一個人的言行舉止是不是臨陣磨槍裝出來的，由布花還看得出來。

「請別這麼客氣。其實應該要找一家餐廳，好好招待您一番才對。」

「您的好意我很感激，但沒時間了。距離正式上場實際上只剩下一天而已。」

「但是看看排演，似乎沒什麼迫切的問題。」

「還差得遠了。那樣離榊場先生的理想還遠得很。」

「那孩子這樣說嗎？」

「他沒有說出口，但我感覺得到，他在傾訴想要更自由地彈奏。為了滿足他的要求，我那樣的演奏甚至連及格都不到。」

岬的態度實在太謙遜了，由布花覺得即使是有些冒昧的問題，對方也願意回答。由布花心想機會難得，便鼓起勇氣提問：

「請問，您和隆平共演，就只有明天一次嗎？」

「明天或許會失敗啊。」

「一定會成功的。成功之後，接下來的巡演，可以請您也繼續和隆平一起演出嗎？全日本的人都希望聽到岬先生和隆平的共演。」

「合約上就只有一次。」

「什麼時候簽的合約？我都不知道。」

「我和ＴＯＭ先生同意的內容，就只有一次。」

「那只是口頭約定而已。」

「即使是口頭約定，只要雙方同意，合約就算成立。而且我實在不可能長達一年陪伴隆平巡演。」

「您的行程不是都取消了嗎？」

「我的經紀人正在國外奔命為我奔走。只要和主辦單位順利談出結果，我就會立刻被叫回去。取消演奏會的違約金似乎相當驚人，在付清之前，我都形同奴隸。」

「違約金到底有多少錢？」

由布花覺得若是經紀公司支付得起的範圍，可以為岬墊付，沒想到聽到的金額比她想像的更多了兩位數。

「這麼多……！」

「外國的娛樂產業非常嚴苛，日本完全無法比較。古典音樂市場相當大，所以收益也大，但罰款也不是鬧著玩的。」

聽到金額，由布花差點一陣眩暈。隆平靠演奏會獲得收入已經好幾年了，但原來他們還只是井底之蛙。世界遼闊得令人驚愕，而且凶暴得令人戰慄。

「……我再次覺得，這個世界真是太可怕了。」

「這是切身問題。」

瞬間，岬變得一本正經。

「很快地，榊場先生也會被推向世界市場。您沒有聽ＴＯＭ先生提起這些事嗎？」

「完全沒有。」

「我在遠征歐洲期間，許多音樂人士都問我，榊場隆平什麼時候才會過來？我知道他回國以後，日本國內對他的邀約絡繹不絕。這次的全國巡演也是。各國的主辦單位應該會等到榊場先生的活動告一段落，就向他提出邀約吧。」

忽地，由布花感到一種瘡痂被撕開來般的痛楚。

隆平並不是沒有進軍海外的計畫。雖然沒有具體的邀約，但TOM說過，遲早也要將海外巡演納入視野。

現在說這些還太早啊！

當時由布花這麼回答，是不是因為她害怕隆平飛向世界？是不是害怕自己的孩子離開自己庇護的羽翼？

「應該也不用我來說，榊場先生的鋼琴不應該只侷限在日本國內。歐美、亞洲、中近東、非洲，全世界的樂迷都在期待他的音樂。榊場先生已經不是只屬於特定的什麼人的了。」

由布花一陣驚訝。

從第一次見面還不到幾天，岬卻已經識破自己還無法放掉孩子了。

只要踏出世界，隆平就會瞭解到日本有多狹小。只要活動範圍擴大，手銬腳鐐都只會礙事。他一定會嫌母親幫忙的手麻煩。

這是最讓由布花害怕的事。

得知隆平一出生視力就有問題時，由布花便決心要成為他的眼睛。她相信隆平的缺陷母親也有責任，逼迫自己。但她因為過度執著，或許不知不覺間迷失了目的。

「老實說，我有些羨慕榊場先生。」

「……咦？」

「家父對音樂毫不理解，我上了高中以後，只要彈琴，就會惹來他怒目相視。他怒吼要我踏上他決定的道路，所以有段時期，我甚至離開了音樂世界。」

「不敢相信，令尊居然想要埋沒您的才華？」

「做父親的也許或多或少都是這樣的。兒子想要前進，父親就變成擋在前面的一堵牆。除非跨越或破壞那堵牆，否則兒子無法成長，也無法步上渴望的人生。從這個意義來說，我感謝家父。因為多虧了家父，才有現在的我。」

由布花忽然想到。

如果丈夫還在世，他會像岬的父親一樣，想要隆平走在鋪好的軌道上嗎？或者會和由布花聯手，讓他踏上前途未卜的鋼琴家之路？

「環境不同，所以比較沒有意義，但我還是忍不住感到羨慕。雖然榊場先生聽了可能會抗議並否定吧。但至少他受到您這麼深的愛呵護。」

岬落寞地笑了。

「一定是因為這樣，我才會想要盡我微薄的力量，協助榊場先生吧。」

「如果覺得羨慕，一般不是都會想要妨礙嗎？」

「怎麼可能？榊場先生那樣才華洋溢，我就算會想要幫他，也絲毫不會想妨礙他。」

「您都不會嫉妒別人嗎？」

「嫉妒的另一個名字是憧憬。我不討厭憧憬。再說，就算詛咒別人，自己也得不到半點好處。」

由布花作聲不得。

這個人怎麼能這樣想？他怎麼能如此徹底地去肯定事物？

她想到了。

是音樂。

音樂坦率得可怕，會完全揭露出演奏者的個性、價值觀、心靈的色彩和靈魂的形狀等所有的一切。她聽過岬的鋼琴演奏，他的琴音不就是那麼樣地誠摯、積極而且肯定嗎？

「有很多人同情我沒有得獎，但我參加蕭邦鋼琴大賽，得到了獲獎完全無法比較的巨大收穫。」

「您是說『五分鐘的奇蹟』嗎？」

「是認識了榊場先生和其他才華洋溢的決賽者。」

神啊！

感謝祢讓兒子遇到了這個人。

「謝、謝您……」

「站在這樣的前提上，我想請教您一個問題。」

「什麼事呢？」

「為什麼您要撒謊？」

2

十一月十七日傍晚五點五十分。

隆平一個人在休息室裡發抖。休息室離表演廳應該相當遙遠，他卻聽得到觀眾席傳來的喧譁聲。宣布注意事項的館內廣播讓他的胃變得沉重。

再十分鐘就開演了，他卻完全無法鎮定。他從來沒有遇到過這樣的狀況。

不論聽眾只有一個人還是數萬人，自己什麼都不必想，只要自由地彈奏琴鍵就行了。無所畏懼，無所渴求，只要將腦中鳴響的音樂重現出來就行了。

然而今天卻不一樣。排演的時候快樂得不得了，現在卻害怕得要命。

會不會就像巡演第一天那樣，有人發出噓聲？

一個失誤，會不會毀了後續的演奏？

最重要的是，自己的失常，會不會拖累了岬的演奏？客串演奏的表現不佳，會不會在岬的資歷留下污點？

不行。

愈是去想，緊張就愈變換成恐懼。心跳加速，呼吸變淺，重擔壓在肩頭上。

不行。

會失敗。今天也絕對會失敗。

說穿了，這就是自己的極限。

開演時間分秒逼近，隆平覺得心臟就要爆炸的那一刻，有人敲門了。

「我是岬。」

上台前一刻，岬來找他到底有什麼事？

「請進。」

岬安靜地進來了。其他人有發現嗎？岬不管是走路還是平常的呼吸，都不會發出任何擾人的聲響。所以即使是隆平這種擁有絕對音感的人，也能舒適地與他相處。

「抱歉在上台前過來打擾。」

「不會的，我正想轉移注意力。」

「你看起來很緊張。」

在岬的面前，隆平能夠吐露真心話。

「我有點怯場了。」

「是因為想起了第一天的失誤嗎？」

「這也是理由之一，但這次和之前都不同……」

「你擔心無法做出自己滿意的演奏嗎？」

「難得你願意與我共演，或許我會給你造成麻煩。」

「我就猜到會這樣。」

岬彎下身子，讓眼睛高度與隆平齊平，說了起來：

「不只是音樂家，只要是從事需要才華的活動的人，都一定會面臨和你一樣的煩惱。」

「你知道我在煩惱什麼嗎？」

「或許這就是自己的極限了、或許自己用錯才華了。不，說起來才華究竟是什麼？

只要是從事創造、表演的人，幾乎沒有例外，都會遇到如此自問的時刻。一定是因為誠摯地面對那個領域或是職業吧。」

「我從來沒有想過自己對音樂誠摯。」

「會為此煩惱，就證明了你的態度是誠摯的。」

岬的語氣忽然轉為溫柔。

「維持現狀就行了，沒必要感到痛苦，也沒必要努力——這樣說或許聽了刺耳，但就算追求『平凡』的人可以怠惰或停滯，但擁有才華的人是不允許這麼做的。」

「為什麼？才華是只屬於自己的，要怎麼用它，不是各人的自由嗎？」

「榊場先生，才華的英文是什麼？」

「Talent，對吧？」

「沒錯，在『傑出的天分』這個意義上，可以用talent這個詞。但是在歐美，一般都使用另一個詞，gift，也就是『天賦之才』的意思。Gift同時也有『禮物』的意思，這一點如實地反映出外國對於才華的看法。他們認為一個人擁有的才華，是上帝的贈禮。」

才華是上帝的贈禮。

這句話沁入心胸，宛如乾燥的沙地吸收水分。

「因為是上帝的贈禮，所以要有意義地運用。所以被賦與的才華不只是為了自己，也應該為了別人而使用，是這樣的思維。正確與否姑且不論，但我非常喜歡這樣的觀點。」

兩隻手伸過來，輕輕觸碰隆平的雙肩。

「聽眾期待的聲音都傳到這裡來了。他們都是來聽你彈琴的。裡面有人不辭千里而來，也有人行動不便，或許也有人為了買門票，省下了今天的午餐。」

「這會給我造成壓力耶。」

「對你應該是很有效的壓力吧。如果是為了自己以外的人，人意外地就能拚上一拚。」

岬的手放開了。

雙肩頓時變得輕盈，無法想像先前的僵硬。

片刻後，矢崎由香里過來請隆平。

「上台囉，榊場先生。」

隆平抓住她的手肘，前往舞台。每跨出一步，觀眾席的嘈雜聲就愈大。來到舞台側邊時，舞台傳來樂團成員、觀眾席傳來聽眾的掌聲。

太奇妙了。直到上一刻還壓在身上的恐懼壓力化成了能量，膽怯被勇氣所粉碎。

什麼鋼琴家。

岬應該去當心理師才對。

隆平坐到椅子上，掌聲像退潮般止息了。

額頭和雙手感覺到聚光燈的熱度。

好，平常的感覺回來了。

隆平的雙手緩緩地伸到鍵盤上。

第二十一號第三章樂章一結束，掌聲便同時響起。比起登台的時候、彈完第二十號的時候更要熱烈。

隆平的雙手離開鍵盤，安心而滿足地吁了一口氣。直到這裡都沒有失誤，胸口的溫度也上升了。熱烈的掌聲，道出了聽眾有多期待。

接下來終於是A大調第二十三號鋼琴協奏曲 K.488，是今天最後一首獨奏鋼琴曲目。

第一樂章 Allegro A大調。

曲子以弦樂輕盈演奏的第一主題揭幕。彈跳般的小提琴樂音，讓人聯想到陽光傾注的清晨。隆平雖然看不見，但能以皮膚感知光線，因此能夠清晰地想像出那種景象。第一主題是柔和的，絕對不是燦爛逼人的強光。

旋律輕快地跳躍，活化聽者的細胞。這充滿莫札特風格的旋律令人情不自禁地跟著喜悅起來，但其實當時這首曲子並不怎麼受到歡迎。這美麗得近乎高貴的旋律未能獲得充分的賞識，也不符合聽眾的喜好。事實上，自從發表這首曲子之後，莫札特的人氣便開始凋零。由於他的人氣原本就是一飛沖天，飛得高，摔落得也快。

但第二十三號的完美無缺，足以彌補這樣的背景有餘。這首曲子取消了傳統協奏曲中的常客雙簧管，取而代之，導入了當時還很罕見的單簧管。雖然是協奏曲，卻排除了定音鼓和小號綻放出來的慶典音色，也稱得上是一種冒險。

第一小提琴以半階逐漸下降，奏出第二主題，這時隆平終於觸碰了鍵盤。

鋼琴寂靜地變奏出第一主題。小提琴帶領的管弦樂器跟隨而來，隆平以快速的過渡樂句做出回應。鋼琴與交響樂的對話，是這首樂曲的精髓，因此最重要的是同步。和上次不同，今天的隆平狀況絕佳。交響樂團的心跳和呼吸，他瞭若指掌。不需要視覺，只要敞開意識，他們的意志就會化做樂音流瀉而入。隆平只要以節奏與其交流，並彈奏出節奏就行了。

琴音反覆上下，交響樂緊緊地依偎一旁。兩者不斷地交換位置，編織出相同的旋律，這是無比的悅樂。

接著隆平的琴聲隱微地唱起第二主題。這個主題的旋律同樣地優美。莫札特的曲子很少有人工的部分，有時感覺作曲就像出自上帝手筆，這首第二十三號也不例外，流麗而纖細、優美而自然，實在不像是人類創作出來的。

很快地，鋼琴與單簧管親密地開始對話。在五感當中，隆平將所有的神經都集中在聽覺與觸覺當中，因此至福的感受也格外強烈。左手的伴奏雖然變得單調，卻維持著輕盈，彷彿在與單簧管嬉戲。

很快地，曲子進入發展部，交響樂提示新的主題。對於這完全不遜於已經出現的兩個主題的華麗旋律，隆平以流麗的琴聲回應。單簧管反覆著主題前半的旋律，對鋼琴柔聲細語。

一起跳舞吧！

更輕快、

更快樂地！

由於巧妙地插入半音階，因此不是單純的輕快，每一個旋律都有了立體的陰影。陰影讓旋律變得更加深邃。

無論有多麼愉悅，也並非恆久不息。這樣的悅樂遲早還是會結束——因為蘊含著這樣的無常感，優美的旋律聽來更為揪心。

彈奏琴鍵，與交響樂對話，有時莫札特的意志會突然浮現出來。莫札特溫柔得無以復加。雖然沒有蕭邦的憤怒或貝多芬的熱情，但莫札特會以令人潸然淚下的溫柔包裹住隆平。這樣形容雖然庸俗，但還是讓人忍不住想到上帝的存在。就彷彿音樂之神憑附在莫札特身上，來救贖人類。

結束對話的鋼琴維持著輕快，展開獨奏。隆平已經彈奏了超過一小時，但手指仍未感到疲累。

他無暇疲累。

與交響樂、與莫札特的對話令他快樂得不得了。

而且他的皮膚感知到聽眾的興奮。雖然沒有歡呼和彩帶，但每一首樂曲結束時的掌聲都熱情十足。

『被賦與的才華不只是為了自己，也應該為了別人而使用，是這樣的思維。正確與否姑且不論，但我非常喜歡這樣的觀點。』

岬的話推動著自己。命令：用你的音樂療癒人們。

自己先前到底是在害怕什麼？第一天的失常就像一場夢，指頭活動自如。雖然並非全無不安，但他擁有超越不安的自信。

『如果是為了自己以外的人，人意外地就能拚上一拚。』

隆平起初存疑，心想又不是什麼魔法咒文，但現在他已經無法否定了。他不知道來到觀眾席的人們叫什麼名字，也看不到他們的臉，但他明白他們要的是他。即使只有他演奏的這段期間，但如果聽到的人能夠因此忘卻痛苦、憂傷、憤怒和淒慘，身為音樂家，他死而無憾。

岬的話充滿了力量。這與他的鋼琴演奏應該不無關係。彈完第二十三號之後，還有與岬的合奏在等彈。為了以完美的狀態面對岬，他不想在獨奏中失誤。

來到再現部，隆平維持鋼琴獨奏，恣意馳騁之後，邀請第一主題加入。小提琴和木管樂器合唱了主題一陣，由隆平的獨奏承接下去。琴聲幽微拘謹，似要消失，但隆平在每個音的餘韻尚未散去之前，又接著彈出下一個音。

屏聲斂氣地刻劃著節奏的左手急速提高音量。

以大調重現第二主題後，緊接著交響樂跟了上來。由此開始，一口氣奔向尾聲。隆平重現發展部的主題，緊接著小提琴呼應上來。隆平奔上陡峭的山坡，敲出最後的樂句。

沉靜的尾聲持續著，第一樂章維持著輕快結束了。

造訪的一拍寂靜中，隆平感覺得到指揮家和交響樂的緊張絲毫沒有放鬆。

第二樂章　Adagio 升F小調

從上個樂章搖身一變，曲子從沉鬱的鋼琴旋律出發。以弱音的狀態，幽幽地吟唱出悲切的旋律。節奏是西西里舞曲風。那位鋼琴大師霍羅威茨也認為『這個樂章是西西里舞曲』，甚至以略為強調的方式彈奏它。隆平也喜歡霍羅威茨，但覺得若是彈得過於西西里風，與前後樂章會不平衡，因此採取較為收斂的調性。

如同 Adagio 的指示，以和緩的調子彈奏陰暗的和音。絕對不能亢奮，也不能停頓。維繫著囁嚅細語般的旋律，是這個樂章的關鍵。

但只是單純的弱音就沒有意義了。即使營造出若有似無的琴音，也不能讓它中斷，因此要運用比 pp（pianissimo，非常弱）更弱的 ppp（pianississimo，極弱），把琴音傳遞到觀眾席。

其實 ppp 是隆平擅長的奏法。並非只要小力按下琴鍵就能辦到，耳朵和指頭的觸感必須知悉琴鍵下沉的程度、羊毛氈與琴弦的硬度，否則無法彈出極弱的琴音。

隆平能夠精通 ppp，全拜他卓越的聽力所賜。從琴鍵到羊毛氈、從羊毛氈到琴弦的傳達，唯有透過皮膚感覺才能捕捉。

靜謐的旋律背後，交響樂緩緩地升起。木管樂器與小提琴悄悄地追上隆平。

內省的琴聲在悲哀點綴下推進。這種陰鬱的旋律，許多人都必須在年歲增長之後才有辦法完全表現，但隆平能夠完美重現霍羅威茨等知名鋼琴大家的風格，因此毫無問題。也有人批判說「榊場的鋼琴過度技巧性」，但以技巧彌補經驗的不足，何錯之有？以現有的資產支援不足的部分，不是理所當然嗎？

以極盡徐緩的行走步調彈奏。

下一秒，單簧管與長笛轉調，展開明朗的樂句，隆平的鋼琴也跟著躍動起來。這裡是第二樂章唯一令人感到舒緩的部分。

但這並非單純的安息。由於覆蓋整篇樂章的陰鬱，活潑之下陰影若隱若現，結果反而更強調了悲哀，更加突顯出樂章的性格。

片刻間灑下陽光的天空再次烏雲密布。隆平漸漸降低音量，回到起點的陰森主題。孤獨的徬徨持續著。隆平的琴聲變得更加內省，流瀉出彷彿背負了一輩子不幸的感傷。

驀地，悲愴的交響樂從後方席捲而來。讓人預感到等在前方的悲劇的旋律，讓隆平的背脊一陣悚然。

對了。

第一次接受寺下訪談時，他也有近似這樣的感覺。跟這個人扯上關係，不遠的將來一定會發生不好的事。如今回想，自己的直覺是對的。

哀傷的交響樂撫慰地依偎上來。即使如此，隆平仍孤獨地佇立，仰望著灰暗的天空。交響樂悄悄逼近，摟抱住琴聲，隆平在弦樂器撥奏的伴奏上，以跳躍般的節奏彈奏旋律。

在徬徨的終點找到一絲光明後，第二樂章結束了。

短暫的休息間，周圍的空氣籠罩全身。第二樂章的沉鬱殘渣依然盪漾在四下。換言之，隆平成功地營造出如同他所想的樂曲概念。只要讓這樣的氛圍搖身一變，就能突顯出樂曲整體的對比。

第三樂章　Allegro assai　A大調

突如其來地，交響樂開始衝刺。最先提示的是迴旋曲形式的主題，活潑地引領曲子。

原本抑鬱沉陷的情緒急速上升。

興高采烈、歡欣喜悅的旋律接連洋溢而出。隆平的鋼琴充滿節奏地躍入其中。也因為與沉鬱的第二樂章呈對比，迴旋曲形式的旋律活力洋溢，讓人忍不住想要舞蹈起來。不過因為少了定音鼓和雙簧管，因此不致於放肆，而是莫札特那種有節度的華麗。這樣的節度，也是優美的主因。

鋼琴與木管樂器彼此交織，快活地舞蹈。完全沒有停步，無休無止地向前奔馳、奔馳，再奔馳。

隆平盡情地以節奏切割空間。彈奏著琴鍵，他忍不住全身律動起來。小提琴們歌頌著生命力，隆平的鋼琴提示副主題，接著由單簧管反覆。新的主題出現之後，隆平的鋼琴與長笛、小提琴相呼應，纏綿難分地回到最初的迴旋曲形式主題。

乍看好似終結了，但隆平格外強烈地敲了一下琴鍵。原本這裡稍微收斂一些也可以，但隆平決定讓對比更加明確。

直到上一刻仍歡欣鼓舞的旋律，在隆平的一擊之下轉為小調。結果交響樂的風格一轉，音色也呈現出哀調，雙方高低起伏地前進。這是宛如激烈交鋒的對話，雖然是小調，卻讓心口逐漸加溫。

接著單簧管提示新的主題。隆平的琴聲對帶有田園風格的旋律做出回應。琴聲窺望著四周，忽上忽下。將先前提示的主題做出變奏，曲思迷失在黑暗的森林裡。不一會兒，大調的副主題讓旋律脫離了蓊鬱的森林。

陽光普照。

取回光明的隆平的琴音展開最後的衝刺。迴旋曲形式的主題高聲演奏，交響樂跟隨而來。

體力已經瀕臨極限了。汗珠從額頭灑落，心臟快如擂鼓。

小提琴炸裂，宣告尾聲的到來。

隆平引領著交響樂，進入狂奔的態勢。所向披靡，帶著歡喜往前衝刺。

接著鋼琴高聲咆哮，宛如煙火迸發一般，第二十三號結束了。

隆平衝破終點線的瞬間，響起了宛如土石流般的掌聲。震耳欲聾的如雷掌聲中，隆平的雙肩鬆卸下來。

零失誤地彈完全曲了。

也成功地將自己的情感傾注在曲子裡了。聆聽的人，對他的演奏感到享受嗎？用不著問。

掌聲的熱量，傳遞出觀眾的歡呼與讚賞。

一隻手觸碰背部。是指揮家矢崎由香里的手。

「許多聽眾起立致敬，我們回禮吧。」

隆平在矢崎扶助下，起身轉向觀眾席。

迎面沐浴在聽眾的熱情中，隆平的臉頰一片火熱。成就感化為快感馳騁全身。

不，還沒完。

接下來還有和岬的合奏。不只是自己，擠滿了會場的聽眾和交響樂團，一定都萬分期待。

隆平沉浸在熱情演出後的餘韻，暫時退下舞台。獨奏結束了，緊張感卻是有增無減。

中場休息時間，另一台鋼琴被搬上舞台，面對面擺放。隆平看不到岬的臉，但可以正面沐浴在他的琴音裡。

「你的表情沒有不安了。」

岬再次來訪隆平的休息室，這麼指出。

「或許沒有不安了，但我現在的緊張程度不是鬧著玩的。」

「你是可以把緊張轉換成力量的人。」

這話若是從別人口中說出來，會顯得虛假，但聽到岬的聲音這樣說，卻不知為何完全信服。聽說岬以前當過鋼琴教師，或許是真的。

你在正式登台前都不會緊張嗎？

問題都來到喉邊了，隆平連忙吞下去。罹患突發性耳聾的人，演奏前怎麼可能不緊張？

「之前我也說過，把它當成安可曲就行了。」

「但是對於搶票來聽的人而言，這應該是一大盛事。」

「我不是叫你偷工減料的意思，放輕鬆就行了。」

那樣的話，我沒問題。

只是和你說說話，我就能變得如此從容平靜。

「我們走吧。」

隆平伸手扶住岬的手肘。

終於要開始了。雖然是演奏時間不到十分鐘、取代安可曲的曲目，兩人的合奏卻被視為重頭戲。

站在舞台側邊時，隆平便感受到聽眾席的氣氛極為異樣。觀眾的期待達到了最巔峰，整個會場都沸騰了。

降E大調第十號鋼琴協奏曲 K.365　第三樂章　Rondo，Allegro。樂器構成是獨奏鋼琴2、雙簧管2、低音管2、法國號2、小提琴二部、中提琴、低音提琴、單簧管、小號、定音鼓。

首先由小提琴引領，高歌開朗的主題，成為開始的信號。

負責 Primo 的隆平輕巧地滑動手指。可能是因為中場休息過一陣，沒有絲毫疲倦感。很快地，岬的 Secondo 追隨上來，但不是陪跑，而是宛如要超越的跑法。只有兩台鋼琴才能實現的演奏，讓隆平忍不住興奮起來。

交響樂和兩台鋼琴圍繞著主題。第三樂章的特色就是旋律華美，據說這首曲子是莫札特為了和姊姊共演而創作，這段軼聞也讓人深為信服。姊弟一起協奏這樣的曲子，絕對快樂極了。完全就是迴旋曲形式，彈著彈著，全身的細胞都彷彿要舞蹈起來。

交響樂維持著優雅的音型，暫時沉靜下去，進入兩台鋼琴對話的時光。兩台鋼琴時而齊奏，時而分擔旋律。對彼此主張完全無妨，但前提條件是維持三度的音高，做出相同的動作。當然，即使發揮不同的個性，若是呼吸不對拍，就會搞砸曲子。

如果說隆平的琴風，特質是完美無缺，那麼岬的特質就是廣納百川，能夠應對任何齊奏。像這樣與岬協奏，隆平深切體認到岬近乎異常的深邃遼闊。不管隆平的速度有多快，岬都能滿不在乎地跟跑在一旁，同時又不著痕跡地將超出跑道的他拉回來。

隆平思忖，這也是因為岬長年在海外巡演的成果嗎？日本的古典樂迷都很溫柔，因此待在這裡，就有種宛如浸泡在溫水中的怠惰與心安。但外國的狀況就截然不同了。對於不滿意的演奏，聽眾會毫不客氣地報以噓聲，演奏者總是被要求拿出最佳表現。因此演奏者必須日日鍛鍊，精益求精。

自己遲早也必須走出這個國家。由布花一定會想要同行，但他已經長得太大，再也不是母親能夠一手庇護的了。

突如其來地，Secondo 展開了逆襲。隆平拚命追趕跑在前面的岬。在兩人的引導下，交響樂覺醒，旋律一眨眼便奔向高峰。

隨著節奏，心跳加速，情感也隨著旋律亢奮起來。

只有兩人的對話再度造訪。兩人分別變奏著主題，漸次爬升。第三樂章的特徵，是兩台鋼琴演奏不同的音型，但隆平與岬這對組合不僅止於此。儘管只是反覆奏出相同的主題，緊迫感卻愈來愈強烈，讓演奏的愉悅加倍。像這樣舞動著手指，接近尾聲甚至讓人感到憂鬱。

希望曲子不要結束。

希望這段時光能永遠持續下去。

也因為視力障礙的關係，要理解他人，對隆平來說最有效的方法就是協奏。只要聆聽琴聲，不管是對方的運指、呼吸還是表情，都能一清二楚地浮現腦海。

透過琴音，岬的為人明確地傳遞過來。這個人果然不只是溫柔而已。他的體內同居著近乎禁欲的探究心與激烈的鬥爭心。這不就完全是他的鋼琴風格嗎？

Primo 與 Secondo 兩台鋼琴一步也不相讓，交響樂在兩者之間斡旋般推進曲子。

最後的對話到來了。兩人放慢步調，歌頌喜悅。拂去不安，高歌禮讚。

隆平的手指高速彈動。這是最後的衝刺。彈奏著琴鍵的手指幾乎要碎裂了。岬也不服輸地呼應，兩人的琴音衝激著空氣。

下一秒，兩人點燃曲子尾聲，交響樂優雅地簇擁上來，曲子結束了。

片刻空檔之後。

湧出如雷貫耳的掌聲。

「Bravo！」

觀眾席各處傳來熱烈的歡呼。

隆平幾乎陷入恍惚了。餘燼在心胸迴盪著，但感覺精神體力都徹底耗盡了。

結束了。

不管是艱辛的體力活，還是愉悅的時光，都結束了。

掌聲無休無止。

隆平浸淫在舒適的虛脫感之中，感覺到岬走近的聲音。

「真傷腦筋。」

「什麼事傷腦筋？」

「這應該是代替安可曲的曲子，但我實在意猶未盡。」

隆平在岬催促下起身，轉向觀眾席行禮。掌聲變得更熱烈了。

「雖然讓人不捨，但我們離開舞台吧。」

岬讓隆平抓住自己的手肘，將他引至舞台側邊。

「因為還有一個必須解決的問題。」

3

大休息室裡，相關人員已齊聚一堂。

榊場母子、TOM山崎和潮田，以及負責寺下博之命案的三名刑警。

奇妙的是，警視廳的犬養也在場。長沼可能也訝異不解，當著眾人的面詢問：

「麻生班的犬養哥怎麼會在這裡？你們應該是負責後方支援吧？」

「你什麼時候變成班長了？」

犬養苦笑著閃躲長沼的追問。

「別這麼衝，我不會搶你的獵物。」

「是我請犬養先生過來的。因為這次的事，無論如何都需要現職刑警的協助。」

岬插口道，安撫長沼。

「所以我是在問，你這個無關的外人怎麼會插手辦案？」

「榊場先生是我的朋友，更正確地說，是戰友。我們是在鋼琴賽決賽較勁的對手。」

「你知道妨礙公務罪嗎？」

「我也是通過司法考試的人，清楚得很。不過這是否算是妨礙公務，請等結束之後再下論斷吧。」

「是岬先生請我們刑警參加演奏會的對吧？」這次換關澤提問了。「能聽到這麼精彩的演奏，我們是很感謝，可是不明白你為什麼要送票給我們。」

「用不著說，是為了請各位到場，拘捕殺害寺下博之的嫌犯。就算我一開始就這麼說，各位也不會過來吧？」

房間裡的空氣顯而易見地緊張起來。

TOM的眼神變得懷疑：

「岬先生，這話的意思是，凶手就在我們當中？」

「我必須聲明，接下來我要說的內容，全是狀況證據，因此無法積極地指出嫌犯是誰，不過還是希望能提供各位刑警做為參考。」

岬的話就像半瓶醋的胡言亂語，但語氣恭敬，因此長沼和關澤也勉為其難地先閉嘴了。

「我透過榊場先生得知了大概的案情，不過各位當然都感到疑問的是，發現屍體的練習室，早上六點的時候門是關著的，為什麼七點由布花女士去看的時候，門卻是開著的？重要的是，寺下在前天晚上就已經身亡，因此不可能是他本人在六點到七點之間開門入室。即使屍體是有人搬進練習室的，也不可能在路上已經有行人走動的時段做出如此危險的舉動。這時我注意到當天榊場先生的行動。三號的演奏會表現不如預期，榊場先生內心肯定惶惶不安。我同樣身為舉行過多場演奏會的鋼琴家，可以斷定絕對如此。」

隆平點了點頭：

「犯了那樣的疏失，我不可能平心靜氣。」

「謝謝。那麼，說到失去平常心的鋼琴家會怎麼做，那就是拚命練習，避免犯下相同的過錯。而且是比平常更瘋狂地練習。平時都在用完早飯後練習的人，會在早飯前也練習。我懷疑發現屍體當天，榊場先生比平常更早就前往練習，所以問了一下本人，他向我坦承八號早上他在七點前進入過練習室。」

長沼和關澤同時狠瞪隆平，但隆平的臉只一逕對著岬。

「送報員目擊的時候門是關上的，因為榊場先生已經進去裡面了。如果門開著，琴音會傳遍各處，因此榊場先生只要進入練習室，都應該會關上門。那麼，為什麼七點由布花女士進房間時，門是關上的？仔細想想，這也十分奇妙。如果門開著，就一定會傳出琴聲，卻沒有任何人聽到。所以我問了由布花女士：『為什麼要撒謊？』」

這次長沼和關澤瞪向由布花。由布花心虛地垂下頭去。

「她終於願意回答我了。她說她去找過榊場先生，卻沒看見他。『現在是巡演期間，而且演奏會第一天的表現他覺得不滿意，所以就算一大清早練習，也沒什麼好奇怪的。』就像由布花女士這話，她相信榊場先生就在練習室，打開房門。由布花女士，妳在那裡看到什麼？」

「我看到隆平坐在琴椅上，旁邊倒著寺下的屍體。」

「沒錯。由布花女士確實發現屍體了，但其實當時榊場先生就坐在旁邊。任何人站在由布花女士的立場，應該都會這麼想：要是被知道榊場先生就在屍體旁邊，他一定會第一個被懷疑。由布花女士是榊場先生的母親，更是想要保護他。因此她要榊場先生離開練習室，故意讓門打開來。」

由布花怯怯地開口：

「只要打開大門，任何人都可以進來，所以我覺得只要讓練習室的門開著，就可以推到外來的可疑人物身上。我完全不認為隆平殺了人，但我無論如何都想要避免巡演期間引來警方的懷疑。」

「這就是房門開著的理由。如此一來，就出現其他的疑問了。考慮到死亡推定時刻，寺下的屍體是從前晚就被丟在練習室裡面，隔天榊場先生進入練習室時，怎麼會沒有發現屍體？不，他應該發現了。因為死後過了五小時，屍體已經開始腐敗了，嗅覺靈敏的榊場先生不可能沒發現。而且榊場先生記得最近見過的人的體味。如果坐的椅子旁邊有一具屍體，他應該也聞得出那是寺下，而且還開始腐敗了。但榊場先生還是為了確定生死，出聲叫了屍體，並抓起他的手腕確定脈搏。手錶的指紋應該就是這時候沾上去的。但榊場先生卻沒有叫人，居然任由指紋沾附在手錶上，就這樣丟著不管。所以我也問了他：『為什麼要撒謊？』」

在場所有的人都望向隆平。

「演奏受到妨礙，榊場先生確實有憎恨及殺害寺下的動機，但如果在自己的練習室痛下殺手，想都不必想，他會第一個遭到懷疑。因此榊場先生極不可能是凶手。那麼，為什麼榊場先生不叫人？答案只有一個，因為他也有想要保護的人。知道練習室這個地方，又憎恨寺下的人，除了自己以外，就只有三個人。由布花女士、ＴＯＭ先生、潮田先生。對吧，榊場先生？」

「我──」隆平開口了。「那個時候我相信一定是他們三人當中的誰殺了寺下……他們一直以來都那麼照顧我，我想要幫他們。」

「不叫人，坐在屍體旁邊，而且屍體的手錶上有自己的指紋。若是以這種狀態被發現，每個人都會先懷疑到自己頭上。但自己當然沒有殺人，也想不到殺人的方法，所以遲早能洗刷嫌疑。只要能誤導辦案，就算是自己，也有辦法掩護三人之中的某人──你是這麼想的，對吧？」

「對，就是這樣。」

「但這個想法有個重大的矛盾。榊場先生當場懷疑這三個人，但三人原本就是為了榊場先生，才會把寺下視為敵人。接下來是重點，就像榊場先生當下想到的那樣，如果屍體在練習室被發現，第一個會被懷疑的一定是榊場先生。假設凶手是三人其中一人，應該絕對不會選擇練習室做為犯案現場。換句話說，既然寺下是在練習室被殺害的，那麼榊場先生、由布花女士、TOM先生、潮田先生這四人就應該從嫌犯名單裡排除。」

「那樣就沒有嫌犯了啊！」

長沼提出疑問，但岬神色不動：

「就如同我先前說的，嫌犯的條件有兩項，首先，知道練習室這個地方，再來，對寺下懷有強烈的殺意。嫌犯還是有的。對了，就像各位知道的，凶案發生在晚間十一點到深夜一點之間。鄰居表示，練習室一直是暗的。因為凶案發生在黑暗之中，警方也才會懷疑榊場先生，但換個觀點，即使在黑暗當中，只要知道對方的位置，就有可能行凶。對了，我有個奇妙的習慣。」

話鋒突然一轉，眾人都感到納悶。

「我自己一點都不覺得奇怪，但是對於第一次見到的人，我都一定會先觀察對方的手指，然後才看臉。是在確定對方適不適合當一個演奏家呢。對於在場的各位也是一樣。除了鋼琴家的榊場先生以外，我看過每一位的手，結果我發現某人的右手食指沾上了綠色的塗料。」

「綠色的塗料？」長沼重複岬的話。

「指甲縫留下了一點點塗料。在我看來，那綠色塗料就是蓄光塗料，俗稱夜光塗料。夜光塗料大部分是一液型壓克力塗料，只用水和肥皂很難洗掉。我想過那個人可能用夜光塗料當指甲油，但若是這樣，應該可以用除光液卸掉。也就是說，應該解讀為那個人不是做了美甲，而是指甲不慎沾到夜光塗料。看到夜光塗料，我靈光一閃。在黑暗中正確射擊對方的方法，就是在要害部位以夜光塗料做記號。最近的夜光塗料光靠紫外線就可以蓄光。若是塗在想要下手的對象背部，本人就不會發現。但殺害之後，必須回收沾上塗料的外套。取走寺下的外套，一方面應該也是為了回收手機，但我推測其實是非取走外套不可。當然，沾有塗料也很有可能只是巧合，因此我請犬養先生調查了一下那個人和寺下的關係。」

「接下來我來說明吧。」

犬養舉起一手，接過話頭。

「從結論來說，岬猜中了。寺下這傢伙是個下三濫，用合成假照片恐嚇藝人，他的受害者裡面，有一名女子無法用錢或談判解決恐嚇，追星之路被毀而尋死，她叫窪寺美由紀。因為不是親屬，所以沒有特別紀錄，但深入一查，那個人就是她的表哥。我也去見過窪寺美由紀的父母了。他們說，可能是因為年紀相近，窪寺美由紀和表哥情同兄妹，聽說表哥在葬禮上不顧他人目光，號啕大哭。」

「謝謝。對那個人來說，把情同兄妹的窪寺美由紀逼上絕路的寺下，可以說是他的死敵吧。而且那個人在案發前進入過練習室，瞭解那裡的結構和狀況。案發不久後指甲縫殘留著夜光塗料，表示可能曾在黑暗中行凶。同時他知悉人體的要害，能夠以兩發子彈致人於死。那個人……長沼先生、關澤先生，請盯好他。就是你，熊丸貴人先生。」

原本彷彿事不關己地在一旁看著的熊丸被殺個措手不及，甚至來不及反抗，就從左右被封住了行動。

「岬先生，你的推理確實有理，但也就這樣而已。你自己也說，根本沒有物證啊！」

「沒錯，全都是狀況證據而已。你拿走的外套和手機，應該也早就處理掉了。行凶時也做了萬全的準備，沒有留下毛髮，並且避開附近的監視器，和寺下在現場會合。」

岬說的完全沒錯。

因為收到報案，熊丸和寺下見過幾次。對方應該以為熊丸就是個生活安全課的刑警，但是對熊丸來說，寺下卻是千刀萬剮不足以解恨的仇敵。他早就發誓，若是找到機會，就要制裁寺下。

隆平的全國巡演第一天，熊丸得到了千載難逢的機會。

一直留心仇敵動向的熊丸，得知寺下在演奏會時鬧場。隔天他為了打聽受害狀況，前往榊場家，找到了殺害寺下的絕佳地點——可以輕易誘導寺下前往，並且讓嫌疑落到隆平頭上的地點。

只要決定好地點，接下來就簡單了。熊丸準備了追查不到的模擬槍，並且慫恿寺下。他提出自己也要加入恐嚇，為寺下帶路，侵入榊場家。

『如果你懷疑榊場隆平瞎眼是裝的，裝個針孔攝影機怎麼樣？如果是沒人看得到的地方，他應該會鬆懈下來，不再假裝盲人。』

『可是熊丸先生，他們防我防得跟什麼似的，哪可能讓我裝那種東西？』

『既然這樣，在訪談前一天溜進去偷裝就行了。練習室都不會鎖門，我帶你進去。』

如此這般，熊丸順利把寺下引過去，在練習室殺死了他。把寺下帶進練習室的路上，他用夜光塗料在寺下的外套背部心臟的位置做了記號。即使在一片漆黑當中，塗料也清楚地發光，讓他順利地瞄準及開槍。熊丸回溯記憶，沒有留下任何證據。即使在榊場家的土地採集到熊丸的腳印或毛髮，也可以用之前來過的事實解釋過去。製作模擬槍3D列印機也處理掉了。

「還有一點引起我注意的地方，就是你在說明寺下過去的惡行時，完全沒有提到窪寺美由紀的事。連TOM先生都在傳聞中聽說過這件事，你卻隻字未提，這反而讓我懷疑你和窪寺美由紀的關係。」

「你說沒有物證。」

犬養代替岬上前一步。

「如果你說這話是認真的，我真懷疑你是怎麼當上刑警的。還是你自己幹了什麼事都不清不楚嗎？你應該把房間清理得一乾二淨，3D列印機也丟掉了，但購物紀錄沒辦法刪除。再說，要是房間角落驗出一丁點樹脂碎屑，你就無法抵賴了。不光是這些，只要徹底搜索房屋，一定可以找到更多的證物。殺死一個人，卻不留下任何蛛絲馬跡，這是幾乎不可能的事。你是刑警，這點事還明白吧？」

熊丸從兩側被牢牢拘束，開始慢慢地體會到自己的落敗。

但他還是覺得，這比表妹經歷過的憾恨應該更要來得輕微多了。

～尾聲～

エピローグ

「你還是要離開呢。」

「之前我也說過，我好陣子都得當奴隸了。主人召喚我去，我非去不可。」

練習室裡只有隆平和岬兩個人。因此可以毫無顧忌地說話。

「那場演奏會一結束，經紀人就連絡我了，我得立刻回去美國才行。」

「真希望有更多機會和你共演。後來矢崎女士也說，這是她聽過的雙鋼琴協奏曲裡面最精彩的一場。」

「真光榮，不過還是早點忘了吧，最佳紀錄要不斷更新才有意義。你也是，和其他搭檔一起，以更高層次的合奏為目標吧。」

「要找到比你更棒的搭檔，這可難了。」

「我這種程度的鋼琴家多得是。世界真的很廣大的。」

岬言外之意，在叫他走出日本。

隆平明白。這個國家實在過於侷促、守舊，無法讓他拓展自己的可能性。雖然他不認為其他國家就是樂園，但至少如果是充滿了像岬這種才華洋溢的人才的地方，就值得排除萬難前往一闖。

但現在還不是那個時候。他還有全國巡演，也需要準備。

「你今天就要出發了呢。」

「十一點的班機，我差不多得告辭了。」

「真希望在最後能聯彈一次。」

「下一場公演是二十四號對吧？」

「是的，在橫濱體育場。」

「你需要時間練習，而我是奴隸，沒有時間。雖然很可惜，不過就留待下次機會吧。反正不管身在世界的何處，我都能聽到你的琴聲。」

岬小心翼翼地伸手握住隆平的手。

「謝謝你的照顧。那麼再會了。」

受照顧的是我才對。

「再見。」

岬無聲無息地走出練習室。

一個人留下的隆平信手彈著琴鍵，反芻著無法對本人說出口的話。

不管身在世界的何處，我都能聽到你的琴聲——

那麼，在橫濱體育館演奏的莫札特就獻給你吧。彈奏莫札特做為告別，岬一定會感到開心。

隆平做了個深呼吸，徐緩地彈出第一個音。

Lovecity110

告別莫札特　おわかれはモーツァルト

作　者—中山七里
譯　者—王華懋
編　輯—黃煜智
行銷企劃—林昱豪
校　對—魏秋綢
插　畫—北澤平祐
裝幀設計—陳恩安
副總編輯—羅珊珊
總 編 輯—胡金倫
董 事 長—趙政岷
出 版 者—時報文化出版企業股份有限公司
108019 台北市和平西路三段 240 號四樓
發行專線—（〇二）二三〇六六八四二
讀者服務專線—〇八〇〇二三一七〇五
（〇二）二三〇四七一〇三
讀者服務傳真—（〇二）二三〇四六八五八
郵撥—一九三四四七二四時報文化出版公司
信箱—10899 臺北華江橋郵局第 99 信箱
時報悅讀網—http://www.readingtimes.com.tw
思潮線臉書—https://www.facebook.com/trendage
法律顧問—理律法律事務所　陳長文律師、李念祖律師
印　刷—勁達印刷有限公司
初版一刷—二〇二四年四月十二日
初版二刷—二〇二四年八月十三日
定　價—新台幣四八〇元
（缺頁或破損的書，請寄回更換）

時報文化出版公司成立於一九七五年，
並於一九九九年股票上櫃公開發行，於二〇〇八年脫離中時集團非屬旺中，
以「尊重智慧與創意的文化事業」為信念。

告別莫札特 / 中山七里著 ; 王華懋譯 . -- 初版 . -- 臺北市 :
時報文化出版企業股份有限公司 , 2024.03
面 ; 公分
譯自 : おわかれはモーツァルト
ISBN 978-626-374-981-8(平裝)

861.57　　113002042